鹿苑長春

THE YEARLING

M・勞玲絲

（Marjorie K. Rawlings）◎著

【編者薦言】

「鹿苑長春」的意義

勞玲絲夫人在一九三八年出版了《鹿苑長春》一書，內容是描述一八七〇年至七一年所發生的事情。當時，佛羅里達半島正在開發中，仍然擁有許多原始姿態。

這本小說的魅力，在於描寫半島豐富的自然。土壤是屬於石灰質，有很多的湖沼和凹洞，而其中一個洞穴成爲重要的巴克斯塔家的用水池。這裏植物叢生，還有許多盛開的花朵。除此以外，還可以看到一些楚楚動人的野草。

動物非常多，有浣熊、熊、鹿、山貓、狐狸、狼、兔子、松鼠、鱷魚等等。還有許多鳥。這些動物都成爲佛羅里達居民很好的食糧。

夏天的溫度爲二十七至二十八度，冬天爲十六至二十度，具有溫暖的氣候，極富魅力，對於生活在鋼筋水泥的現代文明中的人而言，實在是相當令人羨慕的自然豐富背景。

這豐富而美麗的大自然，就像是神所賜的樂園一樣。但是，其中也有可怕的暴風雨、洪水、傷害和疫病，這些天災會使人類的努力在一夜之間化爲泡影。侵襲人畜的飢餓野獸，也是自然威脅的一部份。自然對於這些孤立於森林中的開拓居民而言，同時也是不可忽視的敵人。作者深刻地描繪了大自然的兩種面孔。

本書的主角是一位少年，名爲喬弟，待在陸地的「孤島」，無法像別的小孩一樣，到小學去上學。但是，他卻透過實際的生活經驗，從大自然和父母親身上學到許多事情。對他而言，這一切都是很好的教師。

對於沒有同學和朋友在身邊的喬弟而言，小鹿福萊格不只是陪伴他玩耍的寵物而已，小鹿就像是他的朋友，又像是與他相處和睦，必須多照顧牠一點的弟弟一樣。有弱者在身旁，而又萌生了保護之意的少年意識，使他走出了孤獨，並且促進了他的成長。但是，小鹿是自然的一部份，長大以後，也會充滿野性，因此對巴克斯塔家而言，反而是一種威脅。喬弟必須要親手射殺活生生的福萊格。以這社會的眼光來看，這實在是非常殘酷的行爲，但是也唯有在經歷過這種痛苦以後，喬弟少年才會蛻變爲成人。

除了動物與友情以外，這作品不容忽視的是親子關係。原本在這嚴酷條件下生活，一定要一家人團結合作，才能夠成立。喬弟與父親培尼建立了良好的親子關係。在少年時代，比喬弟過得更痛苦的培尼，想要減輕喬弟的負擔。但是，另一方面又必須要訓練他打獵和農耕等嚴格的教育。不只是要說道理，而且要親自示範。

培尼知道，身爲父親給孩子最大的遺產，就是實地教育。看起來好像採取不合作態度的母親，實際上卻是溫柔的女性，是一家的支柱。他們認真面對生活的態度，根本不可能產生現代人這麼嚴重的親子之間的代溝問題。

喬弟在故事剛剛開始時，沉醉於美麗的大自然中，享受令人嫉羨的陶醉感。自己一個人到「銀谷」去，在四月的陽光中做水車，幸福地在那兒睡著。我想，作者本身多半也曾擁有相同的體驗吧！

「在少女時代四月的某一天，深受有如魔法一般美麗的自然吸引。我很快地下定決心，要將當時受到的感動，以及往後的日子裏的重擔，一一描寫下來——這就是我寫下這本小說的動機。」

勞玲絲夫人曾經有此自述。

CONTENTS

第二部

CONTENTS

第一部

森林的水車

小屋的煙囪冒起了一縷輕煙，看起來細細長長。煙從紅色黏土做成的煙囪中剛冒出來的時候，看起來是青色的。但是，冉冉上昇到四月的青空中時，看起來就不再是青色，而是灰色的了。

男孩喬弟邊看著裊裊上昇的輕煙，一邊思索著。

（現在，媽媽正在收拾飯後的殘局。今天是星期五，媽媽掃了地以後，會用玉米皮做成的刷子刷地板，如果我這個時候不在家，她也不會發現。不如趁這時候到山谷裡去。）

喬弟扛著鋤頭，在那兒站了一會兒。

能夠站在由森林開墾而成的菜園中，感覺很舒服。喬弟面前是一大片長著幼嫩玉米的田壟，裡面的草都沒有除去，因爲喬弟認爲即使不除去這些草，也沒有關係。

家門旁的無花果樹上，聚集著野生蜜蜂。喬弟突然想到，如果尾隨著蜜蜂黑黃相間的身體而去，想必一定能夠找到蜂巢吧！那裡一定聚集了許多琥珀色的蜂蜜。

發現蜂巢，會是比在菜園中用鋤頭除草更有趣的事了，況且，玉米田中的除草工作也可以改天才去做啊！真想越過菜園，穿過松林，沿著道路到山谷那兒去。也許，蜂巢就在河川附近也說不定。

喬弟把鋤頭放在圓木頭做成的柵欄邊，朝著菜園的方向跑去。等看不到小屋的時候，雙手攀爬在柵欄上，一躍而過。

年紀較大的獵犬茱利亞跟著爸爸的馬車到城裡去了。但是，虎頭狗立普和新養的雜種狗帕克，卻看到了喬弟越過柵欄的身影，而跑了過來。

立普用低沉的聲音吼著，而帕克的聲音則非常高亢。當牠們發現原來是喬弟的時候，都友善地搖著尾巴向他打招呼。喬弟指著自家的庭園，對牠們說道：「到那兒去。」

兩隻狗心不甘情不願地目送著喬弟離去。喬弟目送著牠們離去，心裡在嘀咕著——

（真是無聊的傢伙，一天到晚只知道去追獵物，或是終日嬉戲，根本無法發揮作用。一直跟著我，只不過是要討吃的東西罷了！）

老狗茱利亞雖然和眾人相處得很融洽，但是卻只聽從喬弟的爸爸培尼·巴克斯塔的話而已。雖然喬弟希望和茱利亞相處得很好，但是茱利亞卻根本不理會喬弟。爸爸曾這麼說過：「十年前，你和茱利亞都是小東西。當時，你只有兩歲，而茱利亞也還是隻小狗。可是，你卻讓茱利亞受傷了，雖然你是無心的，但是後來牠就不再喜歡你了。獵狗經常會這麼做的。」

喬弟繞過了儲藏室和玉米小屋，朝著南邊穿過橡樹林。

（我也希望能擁有像哈特奶奶那樣的狗。白色，捲毛，又會表演。但是，只有自己的狗才會喜歡自己，追趕著我，黏著我的臉，就像茱利亞和爸爸一樣。）

喬弟走出砂石路，便往東走。距離山谷還有三公里，但是他卻覺得自己能夠跑得很遠很遠，腳不會再感到疼痛了。然而，每當他扛著鋤頭來到玉米田時，卻覺得腳疼痛難當。

穿過了長著大松樹的茂密樹木，接著又來到了長著低矮灌木的茂密樹木。砂上生長著松樹，包圍著整條道路。每根樹都非常低矮瘦弱，好像隨時會折斷似地。

來到了下坡路時，開始跑著跳著。通過「銀谷」，來到了砂路。

走到了道路東側凹陷的地方，從這兒向下走六、七公尺，就可以看到泉水。在砂地的土堤上，種植著木蘭、楞樹等樹木。

喬弟坐在四周環繞著樹林的泉水邊，心裡興奮得噗通地直跳著。這裡是只有自己才知道的快樂秘密的場所。

泉水就好像井水一樣，從砂中不知名的地方湧出來。湧出的泉水超過了低緩的坡地，成爲山谷河川。

由於不斷地奔跑，所以身體都發燙了。山谷間的空氣非常清新。喬弟捲起用青色斜紋粗棉皮做成的褲管，把骯髒而赤裸的腳伸進淺淺的泉水中，腳趾插入砂裡，砂子從趾縫間流過，蓋住了他細瘦的腳踝。

水非常地深，剛開始時，覺得有點寒冷。喬弟開始清洗自己的腳，覺得有點舒服。

喬弟涉水到達了對岸，從這裡開始，已經看不到茂密的樹林，只有低矮的棕櫚葉摩擦著身體。

這時，喬弟心中想著——

（我的口袋裡有刀啊！從聖誕節那一天起，就想要自己動手做水車，現在可以用棕櫚葉來做看看呀！）

以往，自己從來沒有想過要做水車。哈特奶奶的兒子奧立佛是船員，出海回來時，就會爲喬弟做水車。

喬弟開始熱心地做起水車來了，愁眉苦臉地試著讓水車轉動，並且苦思風車翅膀的傾斜度應該怎麼做才好。於是，他將分叉的小樹枝切下兩段來，再切成同樣大小的丫字形。

然後是橫木。奧立佛通常會精心挑選圓滑順暢的橫木。

土堤的中半部種著櫻樹。喬弟爬到櫻樹上，割下了富有光澤，看起來像是鉛筆一樣的圓滑小樹枝。

然後，在柔軟的棕櫚葉中，切下了兩片葉片。這是寬兩公分半，長十公分的葉片。然後，在葉片中央挖足夠插櫻樹樹枝大小的洞。

棕櫚葉片一定要切割得像真正水車的翅膀一樣，喬弟小心翼翼地把棕櫚葉片架在橫木上。

其次是丫字形的小樹枝，也架在櫻樹橫木上。然後，試著將它插入泉水二、三公尺深處的砂底。

由於水的深度只有六、七公分左右，而又必須不斷地讓水車轉，因此棕櫚葉做成的水車翅膀一定要能夠摩擦水面才行。喬弟不停地改變小樹枝插入水中的深度，覺得已經可以了，再將小枝跨在櫻樹的橫木上。

但是，水車卻一動也不動，喬弟感到很擔心，稍微把橫木彎了一下，重新把小枝固定於橫木上。

橫木開始轉了。流水摩擦著棕櫚葉做成的風車翅膀，在水流過以後，由於橫木轉動之賜，第二個風車翅膀也跟著轉動了。又小又薄的翅膀就這樣慢慢的開始轉動了。

水車以緩慢的姿態開始動著，就像是城鎮中的大水車轉動著把玉米磨成粉的情況一樣。

喬弟總算放下心中的一塊大石頭，深深地吸了一口氣，便俯臥在水邊的草地上，凝視著正在轉動的水車。由上而下，由上而下——水車深深地吸引了喬弟。

起泡的泉水會從地底下不斷地湧出來，這細長的流水應該不會枯竭吧！因此，只要樹葉不會掉到水車上，松鼠不會咬斷木蘭樹枝，柔軟的風車翅膀不會被阻擋到，那麼水車就會一直不停地轉動了。

凝視著水車的轉動過程中，喬弟不知不覺地睡著了。

春天的情景

喬弟醒來時，發現四周的景色都改變了，彷彿置身於另一個世界一般，覺得自己有如置身在夢中一樣。

太陽即將下山，沒有光，也沒有影，四周灰濛濛的一片。喬弟沐浴在好像由瀑布的飛沫濺出來的細雨中。

濛濛細雨點點滴滴地落在肌膚上，帶來了一陣清涼感。喬弟翻了個身，仰躺在那兒，就好像山鴿露出那灰色而鼓脹的胸部一樣。

不過，後來連臉和衣服都被打濕了。因此，他只好站起身來。當他想要站起身來的時候，卻又停住了。

也許，在喬弟躺著的時候，有一隻鹿來到了水邊。因爲有一排新的腳印沾著東方的河堤到水邊，腳印清晰而尖銳，看起來很像是母鹿所留下的。輪廓深深地沉入砂中，相信是一隻年長的大鹿吧！

牠很可能是出來尋找年幼的孩子，走近了河堤旁，無視於喬弟的存在，在泉水邊喝水呢。

很可能是在後來才聞到了喬弟的氣味，嚇了一跳，打算轉身就跑，四周的砂子都被踢飛了起來。

喬弟看了看四周，想看看還有沒有其他的腳印，結果發現了松鼠的足跡。松鼠這小東西總是這麼大膽。

在這裡，還有好像是熊剛留下來的足跡，擁有尖銳的指甲，也如人類手掌一般大的形狀。究竟是不是新留下的，自己也不知道。如果是爸爸，任何動物留下的腳印都難不倒他，他會清清楚楚地知道牠們是何時通過的。

喬弟再次看一看水車，水車還是在那兒無休止地轉著，彷彿很久以前就已經在那兒一般。

喬弟抬頭望著天空，心想不知道從何時開始，已經變成灰色的一片。他也不知道自己到底睡了多久。

喬弟朝回家的路上奔馳而去，一路上覺得很開心，因爲雨已經停了，太陽又露出臉來了。但是，走到自家周遭長著長長樹葉的松樹林時，太陽已經下山了。看到黏土做成的煙囪中冒出了炊煙，喬弟心想爐上多半已經擺好了晚餐，而蒸籠裡也已經放著香噴噴的麵包吧！如果這時候爸爸還沒有從城鎮中回來就好了。

想到這一點的時候，才突然想到如果爸爸經過這裡，一定會發現自己不在菜園中，而媽媽在柴火不夠用時，也可能會很生氣。到時候，爸爸一定會搖搖頭說：「你這傢伙啊——」

就在這時候，聽到老馬凱薩嘶鳴的聲音。畢竟，還是爸爸先回到家了。

家裡瀰漫著快樂的氣氛，牛屋中的小牛哞哞地叫著，母牛也回應著。雞咕咕地叫著，在地上不斷地跳躍。狗也汪汪地叫，彷彿正在等待晚餐一般。

冬天結束時，食物所剩已不多。玉米。乾草、藤豆幾乎快吃完了。但是，現在已經是四月了，草原上是一片欣欣向榮的綠意，甚至連雞都可以啄到嫩芽。

老狗茱利亞睡在馬車下，可能是因爲長時間跟在馬車後奔跑，而特別疲勞吧！

喬弟打開了大門，走了進去，找尋父親的蹤影。父親待在堆柴場，還穿著白天所穿的呢絨衣服。這是父親在結婚典禮上所穿的衣服，現在都是在上教堂，或是到城鎮去時的穿著。

爸爸的身材雖然矮小，但是卻擁有一雙大手。這時，手上正抱著一堆柴。搬柴本來是喬弟的工作，爸爸現在卻穿著漂亮的衣服，在爲喬弟做這件事。

喬弟急急地跑過來說道：「讓我來做吧！爸爸。」

如果主動要求這麼做，也許爸爸會原諒自己的怠惰吧！

這時，父親站起身來說道：「我正在想，應該要把你趕走呢！」

「我在山谷裡呀！」

「今天的確是出門的好日子，可是，你爲甚麼要跑到這麼遠的地方去呢？」

喬弟這才想起自己還把鋤頭擱在菜園中。

「我爲了追趕蜜蜂，要找到蜂巢而跑得那麼遠嘛！」

「那麼，找到了嗎？」

喬弟面露困惑的表情說道：「我已經忘記這件事了。」

喬弟畏畏縮縮地看著父親。父親那有如大近視一般的眼睛不斷地眨著，彷彿嘲弄似地說道：「喬弟，說實話吧！爲了尋找蜂巢，而跑去玩了一整天，這不是很好的藉口哦！」

喬弟笑著點點頭，也承認道：「實際上，在我想要去找蜂巢以前，就想要去玩了。」

「我想你也會這麼做的。當我趕著馬車到城鎮去時，就這麼想著：『喬弟這傢伙可能沒有辦法長時間待在菜園裡鋤地哦！』當我還是個孩子的時候，在這麼好的春天裡，總是會一溜煙地跑到外面去玩。」

喬弟覺得整個身體暖洋洋地，那不是因爲沐浴在金色的夕陽中，而是父親的溫情暖和了他的身體。喬弟點點頭，表示同意：「我也這麼想呢！」

爸爸回頭看一看家裡，說道：「媽媽卻反對你這麼到處亂跑哦！大部份女人對於男人爲甚麼要這樣無所事事的遊蕩，終其一生可能都無法瞭解。我並沒有告訴媽媽你不在菜園中。當媽媽問我喬弟在哪裡時，我告訴她，很可能是在菜園中吧！」

爸爸眨著一隻眼睛，好像很得意於自己早就猜到喬弟的心意似地。喬弟也眨一隻眼作爲回答。

爸爸又說道：「男人大概無法一直待在家中，但是我們現在必須同心協力，把柴搬到媽媽那兒去。」

喬弟懷中抱滿了柴，趕緊跑回家中。媽媽正蹲在爐火邊，食物的香味撲鼻而來。喬弟突然覺得飢腸轆轆，連力氣都沒了。

「媽媽，這好像是烤甘薯麵包呢！」

「是呀！所以你們別慢吞吞地，晚餐很快就要弄好了。」

喬弟把柴丟在箱子裡，很快地跑到中庭去。爸爸正在擠母牛特莉克西的奶，喬弟對爸爸說道：「媽媽說晚餐已經做好了，要不要我去餵凱薩呢？」

「不必了，我已經餵過了。那可憐的馬，一定要好好地體恤牠才行。」

兩人一起回到家中，即刻便洗洗手和臉。媽媽坐在餐桌前等他們，桌上都擺滿了食物。媽媽龐大的身軀，穩穩地坐在細長桌子的一端。喬弟和爸爸分別坐在媽媽的兩旁，兩人都認爲媽媽坐在正中央是理所當然的事。

媽媽問道：「爲甚麼大家今天晚上都這麼餓啊？」

喬弟說道：「我今天要吃一大堆的肉和麵包哦！」

「別說大話。我看你的肚子比你的眼睛還要小呢！」

喬弟不發一語，好像甚麼也沒看到似地，很貪婪地吃著，覺得以往從來沒有像今天這麼餓過。

喬弟在用完餐以後，只覺得肚子脹鼓鼓地，離開了餐桌，便來到東邊的窗口向外眺望。天上掛著一輪滿月，爸爸也踱步來到窗戶邊，凝望著明月說道：「喬弟，看到月亮，是不是記起甚麼事來了呢？在四月滿月的時候，有一件我們倆要做的事哦。」

「我不記得了。」

「你忘記了我所說過的話了嗎？喬弟，我想你應該不會忘記才對。到了四月滿月時，熊會從冬眠的洞穴中出來。」

喬弟想起來了。

「你是說老熊斯爾福特呀？爸爸，那傢伙從冬眠的洞穴中出來，我們是不是就要趁這時候殺了牠？」

「你說得一點也沒錯。」

「爸爸，我們要在甚麼時候去捕獵牠呢？」

「等到菜園動土的工作結束以後，就要去了。」

「你想，要到甚麼地方去捕獵牠呢？」

「最好的地方就是在山谷泉水附近，那傢伙從冬眠的洞穴中出來，一定會要找水喝的。去那兒試試看吧！」

喬弟順口說道：「今天，我在泉水附近看到一隻好大，上了年紀的母鹿哦。牠可能是在我睡覺的時候到過那兒去。爸爸，我做了水車，水車轉得很好呢！」

媽媽正在收拾飯後的殘局，聽到這話，停下動作說道：「真是狡猾的孩子，我就知道你跑出去玩了。」

喬弟大笑了起來。

「我騙了媽媽，但是有時候，一定得騙媽媽才行呀。」

「你經常騙我呢！難道你一點也不同情我獨自蹲在爐邊烤甘薯麵包，實在很可憐嗎？」但是，媽媽並不是真的在生氣，她的嘴角彎彎地。媽媽想要緊抿著嘴，但是卻忍俊不住笑了出來。

喬弟很高興地叫道：「媽媽笑了，笑了耶！媽媽不生氣了。」

喬弟很高興地在房間裡跑著叫著，媽媽看了笑著說道：「你真像是個小瘋子。」的確正是如此，喬弟沐浴在四月清新的空氣中，覺得到處都充滿著春天的氣息。

喬弟一心想著年邁的熊斯爾福特，那傢伙真是又大又黑，但是卻斷了一根腳趾。那是因爲以前曾中了陷阱，而失去了腳趾。現在，斯爾福特從冬眠的洞穴中，用後腳站立了起來，在那兒呼吸著新鮮空氣，也可能是在聞著月光吧！就好像喬弟現在的情況一樣。

矮男子培尼

爸爸培尼在床上醒來。滿月時，經常都無法熟睡。他在那兒思量著，是不是應該趁這明亮的夜晚到菜園裡去工作呢。現在起身去砍砍柴，或是去處理一下喬弟撒手不管的菜園也很好。

爸爸仔細地在那兒想著。

（喬弟把菜園放在那兒不管，真應該好好罵他一頓才行。）

但是，爸爸培尼想到自己在孩提時代，如果不做菜園裡的活，就會被爸爸好好的修理一頓，甚至不能夠吃晚餐，把他趕到角落去，還弄壞他的水車。

（我的父親是這麼做的，但是孩子終歸是孩子，時候到了，就自然會長大了。）

回顧自己的童年，好像從來不曾真正當過一個孩子。爸爸的父親是一位牧師，就像舊約聖經中的神耶和華一樣，是個嚴肅的人。經營一個小小的農場，以此養活大一家人。

讓孩子們讀書，教導孩子們閱讀聖經。但是，當孩子們漸漸長大以後，就要他們到田裡去播種，或是去耕種玉米田，使他們小小的身軀非常疼痛，才在成長中的手指也變得很難看，根本沒有足以飽餐的食物。

由於這緣故，爸爸培尼在長大以後，擁有如孩童一般嬌小的身材。有一天，和福雷斯塔家的小孩站在一起時，看起來就像是大橡樹與小橡樹一樣。

福雷斯塔家的小孩雷姆低頭看著父親說道：「啊！可能是因爲你年紀大的關係，看起來就像培尼硬幣那麼小。培尼硬幣是很好的金子，但是卻是最小的金子，你就像是小培尼・巴克斯塔一樣。」

從此以後，大家都稱呼爸爸爲培尼了。

但是，爸爸非常強壯，就好像培尼硬幣一樣，非常堅硬，又具有如銅一般的柔軟度。

爸爸爲人老實，因此城鎮上商店的老板、麵粉場的主人以及馬商，都很喜歡和爸爸交易。

商店老板波魯茲和爸爸一樣老實，有一次在找錢的時候，多找了一塊美金給爸爸。爸爸在回到家以後，才發現了這件事情，但是因爲馬跛了，只好走了好長的一段路到城鎮去，把這一塊錢還給老板。

波魯茲說道：「下一次的交易時，再還給我不就行了嗎？」

但是，爸爸卻回答道：「我知道。但是，這一塊美金不是我的。人類甚麼時候會死，都不得而知，我不想拿著別人的錢而死。不管是死去或活著的時候，我只想拿著自己的東西。」

爸爸之所以離開城鎮，到森林中居住，原因就在於此。但是，每個人對於這件事都感到很不可思議。

「培尼・巴克斯塔真是很奇怪，好好的日子不過，卻要和妻子一起住到森林裡去。那個地方有熊，有狼，也有美洲獅子，真是很可怕呢！」

福雷斯塔一家也住在森林中，因此非常瞭解這一點。但是，他們家的兒子都是身材高大的男子，很早就學會打架，所以並不希望別人在這廣大的土地上打擾他們。然而，培尼・巴克斯塔卻絕對不會打擾別人。

爸爸搬到森林裡去住，就是不想要打擾別人，只想要在廣大而無人跡的地方平靜度日。住在森林中，當然不如住在城鎮裡來得方便，不論是買東西或販賣作物，由於離城鎮較遠，因此非常不方便。但是，在這廣大的土地上開墾出來的土地，全都是屬於自己的。

爸爸在三十歲那一年，娶了一個較胖的女孩爲妻，那就是喬弟的媽媽。當時，媽媽的身材就已經比爸爸大一倍了。

爸爸用牛車載著媽媽和幾件行李來到這土地上，並親手搭建了小屋。

這塊土地是向距離六公里處的福雷斯塔家買來的，是在「松島」的正中央，呈高台的土地。這裡被稱爲「松島」，就是因爲被長葉的松林覆蓋著，就好像島一般隆起的土地。

由於生長在砂地中的松樹較矮，像海浪一樣地起伏搖晃著，非常醒目。

這地方的北邊和西邊都有像這樣的「島」。這地方拜土地與水之賜，植物生長得非常好。

巴克斯塔家的「島」最大的缺點就是水很少。由於水深深地流到土中，如果要挖一口井，需要很多錢。而且，造井所需的材料，如磚瓦和灰泥價格本來就不便宜，因此巴克斯塔家必須到「島」的西邊的大穴池去汲水才行。

穴池是佛羅里達州石灰岩地帶經常會出現的景觀。這地帶由於河川流到地下，在地上再湧出水來，成爲泉水，才能夠進而成爲山谷河川，流經各地。

由於覆蓋地下河川的土崩塌，就會形成很大的洞穴，水才會從地下湧出。不過，有時候未必會湧出來。

很遺憾地，巴克斯塔家的穴池並沒有湧出水來。但是，穿過河堤上的土以後，乾淨的水會不分晝夜地滲出，在底下成池。

爸爸一邊回憶往事，一邊翻了個身。

（實際上，我希望兒女成群，在這松林中長大。但是，子嗣之福卻是天註定的。任何人看到我的妻子，都認為她的身材一定能生下許多小孩。也許，毛病是出在我身上吧！）

孩子們的身體非常孱弱，即使在生下來以後，也會因病而死去。爸爸在橡樹林中寬廣的地方，親手埋葬了夭折的孩子。而且，爲每個孩子豎立了小小的墓碑。現在，仍在月光下泛白地挺立著。

有一段時間，母親無法再生育，而父親也因爲家中沒有孩子而感到非常寂寞。後來，母親終於懷孕生子，生下了喬弟。這一次，是個非常健康的孩子。

當喬弟第二個月大，開始蹣跚學步時，爸爸參加南北戰爭去了。爸爸把媽媽和喬弟帶到河邊的城鎮，讓他們和平日來往甚密的哈特奶奶住在一起。當時，他認爲大概只要兩、三個月就能夠從戰場回來了。

但是，爸爸在過了四年以後才回來，而且突然老了不少。一家三口都搬到松林中，住在人煙稀少的地方，過著快樂的生活。

喬弟是唯一存活的孩子，但是母親並不非常疼愛他。深怕他和其他死去的孩子一樣，因此不敢給他太多的情愛。但是，父親卻非常喜愛喬弟，其呵護之情是一般父親所無可比擬的。

（現在，喬弟不管看到甚麼，都覺得很好奇。對於鳥、動物、花木、風雨或日月都是如此。我真希望他永遠都是這樣。這傢伙很喜歡四月的好天氣，甚至丟下工作不管，到處去玩。對於這種想法，我非常瞭解。不過，畢竟孩子不可能永遠都這麼天真。）

媽媽動了一下身體，似乎在那兒說著夢話。爸爸仍繼續想著。

（以前，妻子經常會認為我太疼愛喬弟，我的確經常呵護他，讓他到處去玩，幫他做水車，現在妻子對此也不聞不問了。）

大熊斯爾福特

喬弟勉強地睜開雙眼，不知道應該再躺在床上多睡一會兒，或是該起身了。不過，立刻就從床上跳了起來。

穿上了襯衫和褲子以後，就不再想要睡了。一邊吹著口哨，一邊用水洗手和洗臉。連頭髮都沾濕了，胡亂地用手指梳了梳頭髮。然後，從牆上拿下小鏡子來，照照自己的臉。

「媽媽，我看起來好像有點醜哦！」

媽媽回答道：「是呀！從很久以前，巴克斯塔家就沒有長得很漂亮的人。」

喬弟對著鏡子皺鼻頭，這時鼻子上的雀斑更加明顯了。

「如果我也有像福雷斯塔家那樣黑色的頭髮就好了。」

「你沒有黑色的頭髮，應該高興才對。那些傢伙就和他們黑色的頭髮一樣，是黑心肝的。你擁有巴克斯塔家的血統，巴克斯塔家的人都擁有淡色的頭髮。」

「我好像沒有承襲到媽媽的血統哦！」

「我們家也是淡色的頭髮，但是孩子們卻沒有淡色的頭髮。如果你學會和父親一樣，努力地工作，那麼就會和父親一樣了。」

喬弟瞪視著自己在鏡中的臉，然後把鏡子放回牆上。

「在爸爸還沒有回來以前，不可以吃早餐嗎？」

「是呀！你的食物已經擺好了，但是爸爸的食物還要再多做一點。你不要出去哦！爸爸只是到玉米小屋去而已，很快就回來。」

這時，南邊的樹林傳來老狗茱利亞的吠叫聲，聲音非常激昂。而且，爸爸彷彿在對茱利亞說些甚麼。喬弟飛快地跑了出去，雖然媽媽以強而有力的聲音制止著，但是已經來不及了。

聽不到爸爸和茱利亞的聲音，喬弟不知道自己是不是又錯過了甚麼有趣的事情，盲目地在那兒跑著，不知道到底發生了甚麼事情。但是，知道可怕的東西已經離去，爸爸和茱利亞正在追趕著。

喬弟穿過了橡樹林，循聲來到了此地。

這時，傳來父親的聲音：「不要動，喬弟。否則那傢伙很可能會逃走哦！」

喬弟突然停下了腳步。茱利亞全身在顫抖，但是並不是因為害怕，而是意氣風發。爸爸低頭在那兒看看腳印，身邊是種豬貝琪被撕碎的身體。

爸爸說道：「我早就想要捕捉這傢伙了，這傢伙一定也察覺到這一點。喬弟，我忽略的事情，可能你也忽略了。」

看到種豬貝琪面目全非的樣子，心裡真是很難受。爸爸看著種豬貝琪屍體對面的方向，不斷地搜尋著。茱利亞也朝著同一方向，用牠那敏銳的鼻子用力地聞著。

喬弟跑了兩、三步，去觀察砂上的情形。的確是以往看過的腳印，還帶著血呢！那是很大的熊的腳印，有如帽頂般大的足跡，明顯地可以看出少了一根趾頭。

「就是那頭老熊斯爾福特。」

爸爸點點頭。

「你還記得牠的腳印嘛。」

兩人一起蹲下身來，看著腳印，檢查熊所走過的足跡。

爸爸說道：「那傢伙想來向我挑釁呢！」

「爸爸，爲甚麼我們家的狗都不叫呢？是不是因爲我睡得太沉了，所以沒有聽到？」

「狗沒有叫，因爲牠是從下風處來的。這傢伙還記得這一點呢！像個影子似地偷偷的溜了進來，做了壞事以後，在日出之前就要逃走了。」

喬弟覺得背脊直發涼。

「爸爸，要把貝琪的屍體拖回家嗎？」

「雖然肉已經撕碎了，但是還可以做成香腸。而且，油也可以用。」

兩人拖著貝琪的屍體走在回家的路上。茱利亞很不高興地跟隨在他們身後。這隻老獵犬不知道爲甚麼，沒有立刻去追趕斯爾福特。

爸爸說道：「要我把這不好的消息告訴媽媽，這真不是我所願意的。」

喬弟點點頭。

「媽媽一定會很生氣的。」

媽媽正在門前等待著。

「我不知道已經叫了幾聲了，你們到底在那邊做甚麼呢？每次都這麼慢吞吞地。」

媽媽話才說完，就看到了種豬的屍體。

「啊呀！怎麼回事？——我們家的種豬，是我們家的種豬啊！」

媽媽的手在空中揮舞著。爸爸和喬弟穿過門，繞到家後面。媽媽也跟著進來了，而且嘴裡嘮叨個不停。

爸爸置若罔聞，對喬弟說道：「把肉掛在橫木上，這麼一來狗就搆不到了。」

媽媽說道：「你至少應該告訴我原因吧！我想知道是怎麼回事。爲甚麼我們家的種豬竟然會像絲帶一樣，被撕碎成這個樣子？」

喬弟回道：「媽媽，都是那老熊斯爾福特做的壞事，牠還留下了腳印呢！」

「難道狗都在庭院裡睡著了嗎？」

三隻狗也湊了過來，在那兒不斷地聞著鮮血的味道。媽媽氣急敗壞地用棒子打牠們。

「沒用的傢伙，只知道吃東西。在這個時候，甚麼忙都幫不上。」

爸爸說道：「本來狗就不像那隻熊一樣，會做壞事啊！」

「至少應該要叫嘛。」

媽媽還是很生氣地用棒子打狗，三隻狗都垂頭喪氣地躲開了。

三個人一起回到家中。媽媽很悲傷地抽泣著，坐在那兒，並沒有吃東西。喬弟邊吃自己盤中的食物，一邊說道：「不管怎麼說，我們有一陣子可以吃到肉了。」

媽媽瞪視著他說道：「現在可以吃到，今年冬天就甚麼也吃不到了。」

爸爸說：「我到福雷斯塔家去要一隻種豬好了。」

媽媽又發牢騷說：「那也很好啊！到時候，他們就會覺得向你施恩了。我真想親手殺掉那隻熊。」

爸爸滿嘴塞著食物，很平靜地說：「下一次我遇到牠時，一定轉告牠。」

喬弟笑了出來，媽媽怒容滿面地說道：「好啊！就知道嘲笑我。」

喬弟輕輕地拍拍媽媽粗大的手臂說道：「媽媽，當妳和斯爾福特對陣的時候，不知道會是甚麼樣子。」

爸爸說道：「我想，你的媽媽一定會勝利的。」

媽媽嘆了一口氣，說：「每次只有我一個人認真地考慮事情。」

追蹤足跡

爸爸移開了盤子，從桌前站了起來。

「喬弟，今天跟我一起做事吧！」

喬弟覺得很失望，難道今天又要到菜園裡去除草了嗎？

但是，爸爸說：「今天是大好機會哦！我們來去拜會福爾斯特那傢伙。」

知道爸爸打算要去追趕福爾斯特，喬弟的心境刹時覺得開朗起來。爸爸接著又說：

「去把我的彈藥盒和角製的火藥盒，以及角製的火繩拿來。」

喬弟很快地把爸爸所吩咐的東西拿來。這時，媽媽說道：「你看他高興的樣子！叫他去菜園除草，動作就好像蝸牛一樣慢吞吞地。一說到要去打獵，動作就好像水獺一樣敏捷。」

媽媽拿出爸爸的背包，把食物放到裡面。

「我沒有讓你帶多餘的食物，我想你很快就會回來的吧！」

爸爸說道：「甚麼時候回來我也不知道，不過，我想餓一天是不會死的。」

然後，把背包和火繩袋揹在身上。老狗茱利亞看到爸爸拿出老舊的填彈槍，很開懷似地在那兒高聲叫著。虎頭狗立普也跑了過來，還有最近才飼養的雜種狗帕克雖然不知道到底發生了甚麼事，卻也在那兒興奮地搖著尾巴。

爸爸很疼愛地摸著這些狗，說道：「你們一直在等著今天的到來吧？瞧你們樂的模樣。」

然後，回頭對喬弟說道：「去穿鞋吧！可能要走一些很難走的路哦！」

喬弟趕緊回到自己的房間，從床底下拿出很重的牛皮靴，穿上了靴子便趕上了爸爸。

老狗茱利亞走在最前面，用長長的鼻子不斷地追蹤熊的氣味。

喬弟說道：「爸爸，茱利亞還聞得到氣味，那傢伙大概走得並不遠吧！」

「我想，牠已經走得很遠了，但是我想，我們還是可以追得上牠。絕對不能夠原諒那傢伙，在這時候不能夠休息。熊如果知道我們在追牠，一定會趕緊逃開，要不然牠就會悠哉遊哉地獵捕食物。」

大熊斯爾福特的足跡朝南邊穿過了橡樹林，還好昨天中午下了一場大雨，因此砂上留有很清晰的大足跡。

喬弟問道：「爸爸，你想像那傢伙有多大啊？」

「有多大啊？我想牠現在應該不會很重吧！因爲冬眠的緣故，胃收縮，肚子是空的。但是，看一看牠的足跡，從足跡就可以推知牠的體型有多大了。你看那後面下沉的腳印，不論是鹿或熊，如果腳印會下沉，就表示牠的軀體又重又胖。我想那傢伙一定很大哦！」

「爸爸，那傢伙出來的話，你會不會害怕呢？」

「絕對不能夠因爲害怕而反應遲鈍哪！我在意的是這些狗，我擔心我們家的狗會被那傢伙修理一頓。」

爸爸看著喬弟的臉龐，問道：「你害怕嗎？」

喬弟稍微想了一下，說：「我不怕，但是如果我害怕，就爬到樹上去。」

爸爸吃吃地笑著說道：「說得很對，即使不怕，也可以爬到樹上啊！那是觀戰最好的場所。」

兩人默默地走著。老狗茱利亞充滿自信地向前邁進，立普乖乖地跟在茱利亞身後。茱利亞聞過的地方，牠也會去聞；茱利亞停下來的時候，牠也跟著停止腳步。帕克則這裡跑一跑，那裡跳一跳，一看到兔子跳到自己的眼前時，就會去追趕。

喬弟試著吹口哨叫牠回來，爸爸對喬弟說：「不要管牠，當牠發現自己落單時，就會回來了。」

茱利亞發出高昂的叫聲，回頭望著爸爸。爸爸說道：「真是狡猾的傢伙，牠很可能到對面去了。牠一定是打算回到鋸齒草池，如果是打算這麼做，一定會先繞一段路來騙我們。」

喬弟也大概瞭解爸爸狩獵的祕訣了。

（如果是福雷斯塔家的人看到斯爾福特殺死豬，一定會拼命地追趕。但是，那一群在森林中不斷吠叫的狗，只會使斯爾福特知道有人在追趕自己。）

實際上，爸爸狩獵的技巧非常高明，深獲好評。如果福雷斯塔家的人能夠獵到一隻獵物，爸爸就能夠獵到十隻。

喬弟說道：「爸爸對於野獸的行動瞭若指掌嘛！」

「你也應該瞭解啊！野獸的動作比人類靈敏，力氣也比較大。但是，人類擁有熊所沒有的東西，那就是智慧。因爲人類的速度絕對不會比熊快，所以事先必須瞭解熊會經過的路，否則就不能夠成爲好的獵人。」

穿過了松樹林，越過了橡樹和棕櫚樹的低矮樹叢，從南邊到西邊，眼前變得十分寬廣，儼然有如大草原一般。

這就是鋸齒草池。鋸齒草生長在深度極稀的水中，擁有如鋸齒一般的葉子，遠遠望去有如草原一樣。

茱利亞跳到水中，掀起了微波，因此知道這是鋸齒草池。

爸爸凝視著茱利亞前進的方向。這時，喬弟耳語道：「我們要不要繞過池呢？」

爸爸搖搖頭，以低沉的聲音回答：「風向不佳，那傢伙可能沒有經過這地方。但是，我們還是要察看一下。」

茱利亞濺起了水花，仍然迂迴地向前進。來到了堅硬地面和鋸齒草的交界處。這時，氣味似乎被水阻絕了，但是茱利亞卻仍然自信十足地朝池中央前進。

爸爸跳入水中，喬弟也尾隨在後，突然覺得腳一陣冰涼，便趕緊捲起褲管，這才發現鞋子已經沾到泥了。但是，腳浸泡在水中，感覺很舒服。

茱利亞已經越過水，登上陸面了。爸爸一邊看著其身影，一邊跟在其身後。

不久之後，茱利亞發出尖銳的叫聲。足跡也轉呈直角，朝東而去，爸爸說道：「我想，可能那傢伙鑽進了茂密的樹林中吧！」

茂密的樹林生長得非常緊密，幾乎沒有空隙，對野獸而言，確實是藏身的好地方。

爸爸說道：「先裝上子彈好了。」

於是，輕聲地叫回茱利亞，茱利亞好像瞭解他的想法似地躺在地上，帕克也學牠躺了下來。

爸爸從喬弟手中接過火藥彈，打開袋口，抓了一把火藥，塞入槍口。然後，再從彈藥袋中抓了一把乾的西班牙苔蘚塞入槍口，再用填彈棒將其推入。然後，再塞入子彈和乾苔蘚，最後再用填彈棒將它們緊緊塞入。

「這樣就可以了。茱利亞，我們去幹掉那傢伙吧！」

黑旋風

老狗茱利亞疾步奔走在前，爸爸和喬弟也彎著身體尾隨在後。

低矮的茂密林終於逐漸減少了。地面變得非常寬廣，原來是來到了沼地。大型羊齒植物叢生，比兩人的頭還要高，其中的一根被踐踏在地，想必是斯爾福特剛剛通過。爸爸用手指著這植物，看了一陣子。

斯爾福特可能在數分鐘前才通過此地。

茱利亞拚命地在後面追趕，就好像是在捕食獵物一樣，朝前疾馳而去，不斷地叫著。

沼地陷落，成爲細長的溪流。斯爾福特似乎來過此地，繼續向前行。

喬弟注意到父親的襯衫都濕透了，而自己的袖子也濕了。

茱利亞忽然大叫，父親跑了過去，一邊跑一邊叫喊道：「是河川，可能牠打算渡過河川！」

這時，沼地傳來巨大的聲響，那是小樹被踩踏的聲音。斯爾福特好像黑旋風一樣，推倒阻擋牠的東西，不斷地向前進。

喬弟豎耳傾聽，好像聽到了自己劇烈的心跳聲。難道斯爾福特在被狗追到以前，就越過了河川嗎？

來到河堤旁的空地，看到又黑又大、毛絨絨的東西站在那兒，仔細端詳，原來是斯爾福特。

爸爸停下了腳步，把槍架在身上。就在這時候，有一個小小呈茶色的身影朝斯爾福特毛茸茸的身上飛撲了過去，一看原來是茱利亞！

茱利亞有時候跳到牠身上，有時候又跳開。乍看已經跳開了，卻又跳到牠身上去。

虎頭狗立普也緊隨在茱利亞身邊。斯爾福特轉過身來攻擊立普，茱利亞則跳到牠的側腹。

爸爸打算用槍瞄準熊，但是因爲被狗阻擾，只好作罷。

突然，斯爾福特放棄了作戰，牠轉開了臉，露出困惑的表情站在那兒。似乎還沒有決定要怎麼做，而搖搖晃晃地朝前走，發出有如孩子在啼哭似的悲傷的叫聲。

這時，狗稍微向後退，正是發射槍彈的好機會，爸爸把槍架在肩上，準備扣扳機了。但是，只聽到「啪」的有氣無力的一聲，爸爸重新調整槍，再次扣扳機。這時，他的額頭已經冒出汗來，但是還是傳來有氣無力的聲音。

斯爾福特龐大的黑色身軀好像暴風雨似地開始移動了，以令人難以置信的速度，開始攻擊這些狗。白色的牙和彎曲的爪子好像黑暗中的閃電一樣。斯爾福特不斷地扭動身體，露出尖銳的牙，開始攻擊左右方。

狗兒們也毫不示弱地予以反擊。茱利亞從後面抓向熊的背部，當斯爾福特想要回過身來攻擊牠的時候，立普適時地撲了上去，攻擊牠那毛茸茸的喉嚨。

喬弟害怕得呆立在那兒。爸爸再次調整槍，半蹲著舔了舔嘴唇，把手指抵住扳機。

爸爸扣下了扳機，「咻」地發出了爆炸聲。說時遲那時快，爸爸向後仰躺倒下，槍隻走火了！

喬弟連忙跑過來時，爸爸已經站起來了，他右邊的臉被火藥燻成了黑色。

斯爾福特揮開立普，突擊茱利亞，用彎曲的爪子抓住牠的胸口。茱利亞發出慘叫聲，立普則從後方跳到熊身上，用牙齒咬牠的毛皮。

喬弟大叫道：「茱利亞被殺了。」

爸爸發瘋似地跳到混亂的戰圈裡，用槍口抵住斯爾福特的側腹。

茱利亞雖然身負重傷，但仍緊咬住對方的喉嚨不放。斯爾福特痛得發出淒厲的叫聲，突然轉過身子，奔向河川的河堤，跳入深水中。兩隻狗仍緊咬住斯爾福特，斯爾福特則拼命地游泳。

茱利亞只有頭部冒出水面，而牠的頭部就在斯爾福特的下巴之下。立普則驕傲地跨在熊肩上。

斯爾福特游到對岸，爬上了河堤。茱利亞放鬆了緊咬住牠的喉嚨的嘴巴，全身無力地掉到地面。斯爾福特竄進了茂密的叢林中。立普本來騎在牠的背上，但是很快地又因爲感到困惑而跳了下來，再次回到河邊。

立普聞著茱利亞的氣息，然後對著河堤的方向咆叫不已。遙遠的叢林處傳來樹枝折斷的聲音，不久之後，一切又恢復平靜。

爸爸叫喚著：「到這兒來，立普。到這兒來，茱利亞。」

立普搖著有如斷裂了的樹枝一般的尾巴，仍在原地不動。爸爸用狩獵的角笛吹出了慰人心靈的曲調。茱利亞雖然抬起頭來，但是旋即又垂了下去。

爸爸見狀，說道：「要到那兒去，把牠們帶回來才行。」

話才說完，就脫下了鞋子，滑下河堤，跳入水中。

到達對岸以後，先檢查蜷伏在地上的茱利亞的情況，一手抱起牠。另一隻手則划水，朝這兒游回來了。立普也跟在身後，到達了岸上。

爸爸溫柔地把茱利亞放在岸上，憂心忡忡地說道：「傷得很嚴重呢！」

然後，脫下了襯衫，把茱利亞包在襯衫中，在袖子的部份打了個結，把茱利亞揹在背上。

「我知道了，我們一定要換一把新槍才行。」

爸爸臉頰燒傷的部位已經長出水泡。喬弟問道：「爸爸，那槍有甚麼不對勁的地方嗎？」

「整隻槍都不能用了。我重新發射了兩、三次都沒有用，結果居然突然爆炸，還傷了我呢！算了，回去吧！這把老爺槍就交給你了。」

穿過沼地，回到了家。

爸爸說道：「事情已經發展至這種地步，非要殺掉那隻熊不可，否則還會有更多的麻煩。希望能夠很快得到一把新槍，只是恐怕還需要花一點時間呢。」

叢林中，傳來低沉而悲傷的狗叫聲。小小的身影慢慢地跟在身後，那是雜種狗帕克。當茱利亞和立普與福爾斯作戰時，不知道牠已經躲到哪裡去了。喬弟輕輕地一腳把帕克踢開。

爸爸安慰似地說道：「不要管牠。我早已經知道這隻狗無法發揮作用。有一些狗能夠獵捕熊，有一些狗卻無法做到。」

將近黃昏的時候，終於看到了巴克斯塔家「島」的高高松林。媽媽坐在狹窄陽台的搖椅上，膝上堆滿了針線活。媽媽從針線活中抬起頭來問道：「狗死了，熊是否捉到了呢？」

爸爸說：「還沒死呢！快拿水和布來，還有大針和線。」

媽媽立刻站了起來，喬弟非常感動。可是，媽媽似乎在生氣似地，龐大的身軀和手都變得有點不靈活了。

爸爸脫下包裹著茱利亞沾滿了血的襯衫，清洗茱利亞身上很深的傷口。然後在特別深的兩個傷口處用針縫好，並且塗上松脂。茱利亞只叫了一聲，就非常安靜了。

爸爸說道：「有一根肋骨折斷了，這是沒有辦法處理的，只有讓牠自然痊癒了。」

這一天晚上，爸爸和喬弟一起睡，他把茱利亞放在房間裡，徹夜照顧牠。喬弟卻輾轉難眠。爸爸問他：「你喜歡獵熊嗎？」

喬弟不斷地搓揉膝蓋，說道：「這個嘛——想起來還覺得不錯。」

「實際作戰時，會覺得很害怕吧？」

「真的很害怕。」

「看到狗身上沾滿了鮮血，一定會覺得慘不忍睹吧？但是，你還沒有看到熊被殺的樣子。那些傢伙雖然是很討厭的東西，但是在被殺時卻很可憐，倒在那兒，被狗咬斷了喉嚨，發出有如人類一般的叫聲。然後，精疲力竭而死。」

兩人保持短暫的沉默以後，爸爸終於說道：「如果野獸不來擾亂我們的生活，那就好了。」

「我真的很想殺掉那傢伙，畢竟牠一直來偷我們家的東西，並且欺負我們。」

「有時候，牠不知道甚麼是偷竊，只是爲了生存才這麼做的，一不小心也很可能爲此而死。當我初購買這土地，搬到這兒來住時，一點也不瞭解野獸。我們要吃豬肉才能夠生存，但是熊一點也不明白這一點，牠只知道飢餓而已。」

喬弟默默地凝視著月光，爸爸繼續說道：「野獸只不過是在做和我們一樣的事情罷了！我們爲了得到食物而狩獵，野獸也爲了養育子女，爲了生存而捕殺小獸。『要殺了牠，或是忍耐飢餓呢？』只是這麼單純的原則而已，雖然是很殘酷的原則，這卻是森林的原則。」

突然間，喬弟全身發抖。爸爸注意到了這一點，便問道：「你冷嗎？」

「好像是吧！」

喬弟彷彿又看到大熊斯爾福特在那兒不斷地轉著身體，與狗扭打。茱利亞跳到熊的身上，雖然被捉住，但是卻仍然咬住熊不放，最後精疲力盡地掉了下來。肋骨折斷了一根，全身沾滿了血。

爸爸說道：「靠到我這兒來吧！這樣會溫暖些。」

喬弟靠到爸爸身邊，爸爸把手臂繞到喬弟的脖子下。喬弟覺得能夠在爸爸身邊，特別有安全感，很快地就入睡了。

朋友佛達溫格

數日後，爸爸在吃早餐的時候說道：

「我想去換一把新槍回來。」

老狗茱利亞逐漸恢復健康，傷口已經不再腫脹了，但是因爲流血過量，因此身體非常孱弱，一直都在睡覺。

媽媽問道：「你打算去買新槍嗎？但是我們家連付稅金的錢都沒有呢！」

爸爸修正媽媽所說的話：「不是去『買』，而是去『交換』。」

「你真能夠做很好的交換嗎？如果真是這樣，我就不需要辛苦地做飯。洗衣服了。」

「媽媽，並不是我在說大話，不過，我一定會做令大家都滿意的交換。」

「你打算用甚麼去換槍呢？」

「那隻雜種狗帕克呀！」

「誰會要那小東西呢？」

「妳也知道，福雷斯塔家的人很喜歡狗。我想帶喬弟一起到福雷斯塔家。而且，我打算今天就去。」

爸爸站了起來。

「我去挑水。喬弟，你先劈柴吧！」

喬弟很快地來到堆柴場，將沾滿許多松脂的大松木逐一劈開。福雷斯塔家就在附近，那兒有一個和他非常友好的男孩，名爲「佛達溫格（乾草彈簧）」。

喬弟劈好柴以後，把馬鞍放到凱薩身上。這時，父親也挑水回來了。

「啊喲，你已經把馬鞍放到凱薩身上啦？」

爸爸很高興地笑著說道。

「做得很好。我現在趕快準備一下，帶你一起去拿槍。要趕緊出門才行。」

兩人一起騎著馬出門。

「帕克也跟來了。」

雜種狗帕克追在他們身後，跟上來了。爸爸對牠說：「帶你到福雷斯塔家去，以後你就不要回來了。」

終於可以看到福雷斯塔家「島」上正在搖晃的高樹。爸爸下馬把雜種狗帕克抱了起來，然後又騎在馬上。

喬弟問道：「爲甚麼要抱帕克呢？」

「因爲你不喜歡牠呀！」

在不遠處的大橡樹下，可以看到福雷斯塔家的灰色建築物。

福雷斯塔家的媽媽雙手掛著棉製條紋圍裙，好像揮舞著旗幟似地說道：「請進，請進。」

喬弟跳下馬來，爸爸也跨下馬來，一直很溫柔地抱著雜種狗帕克。福雷斯塔家的孩子們都圍著逗這隻狗。

這時，喬弟看到福雷斯塔家的公子佛達溫格匆匆忙忙地走下樓梯。他擁有彎腰駝背的身材，走起路來十分不便，好像受傷了一樣。

佛達溫格拄著枴杖揮著手，喬弟連忙迎了上去。佛達溫格臉上綻放了笑容，開心地叫道：「喬弟！」

兩個人都停住了腳步，很高興地互相望著對方。

喬弟非常高興，這種心情是旁人所無法感受到的。他現在已經不在意佛達溫格駝背的身材了，看起來就像是變色龍或袋鼠一樣。

佛達溫格的「佛達」，意思是乾草，而「溫格」則是彈簧。爲孩子取這樣的名字，實在有點滑稽，但是喬弟卻從來沒有嘲笑過他。這孩子是福雷斯塔家最小的孩子，有一次，他異想天開地做了一件事。他想，只要身體掛住輕飄飄的東西，就能夠從乾草小屋的橫木上，像鳥一樣輕易地飛向空中去了。

於是，他用兩臂抱著一大捆乾草，往下一跳。雖然很神奇地保住了生命，但是卻到處骨折，所以與生俱來患有佝僂病的身體就變得更加嚴重了。

當然，這像是瘋子的做法。但是，喬弟卻能夠瞭解他爲甚麼這麼做。他非常瞭解這個駝著背的小孩，想要在空中自由自在飛翔的心情。

喬弟回應佛達溫格的叫喚：「你好。」

佛達溫格說道：「我捉到了小浣熊哦！我們去看一看。」

於是，將喬弟牽到小屋裡。這裡陳列著很多籠子，經常都飼養各種各樣的鳥。

佛達溫格用手指著正在那兒繞著車子轉的小松鼠。

「這個送給你吧！我又捉到了別的東西。」

喬弟雀躍不已，但是立刻又垂頭喪氣地說道：「媽媽不讓我養任何東西。」

佛達溫格指著另一個籠子，說：「你看！那就是小浣熊。」浣熊黑色的鼻子從木板狹窄的空隙間露了出來，同時像黑人小孩一般的手也伸了出來。佛達溫格拉開木板，把小浣熊抱了出來。小浣熊攀在他的手臂上，吱吱地發出奇怪的叫聲。佛達溫格說道：「抱抱看，牠不會咬你的。」

喬弟抱住了小浣熊，好像從來沒有看過這麼可愛的東西，也不曾觸摸過這麼可愛的小東西似地。灰色的毛皮非常柔軟，就像媽媽的呢絨睡衣一樣。尖尖的臉上有兩個黑眼圈，看起來就像是戴了面具似的，圓圓的尾巴具有美麗的條紋。

小浣熊輕咬住喬弟的皮膚，又發出哭泣似的叫聲。佛達溫格以媽媽的口吻說道：「這傢伙想吃糖，我們把牠帶回家吧！」

回到家中，小浣熊貪婪地吃著糖。

福雷斯塔家的爸爸坐在暖爐旁的陰暗角落裡。剛開始時，喬弟並沒有注意到他的存在，因爲他一直沉默不語。

福雷斯塔家的媽媽從外面走入家中，然後進入廚房。兒子們則跟在她身後，陸續走進來，依序是巴克、米爾賀依魯、加比、派克、亞奇、雷姆。

喬弟覺得十分困惑，福雷斯塔家的爸爸和媽媽擁有乾癟的身材，爲甚麼他們的孩子卻擁有如小山一般高大的身材呢？

這些孩子都長得很相像，但是這其中只有雷姆把鬍子刮得乾淨，雖然和大家一樣看起來又高又瘦，但是頭髮並不十分黑，並且是鬈曲的。

喬弟的爸爸和這些孩子一起進來，但是卻因爲被擋住，所以看不到了。

爸爸手裡仍然抱住雜種狗帕克，令喬弟吃了一驚。爸爸穿過房間，來到福雷斯塔家爸爸的身旁說道：「你好，福雷斯塔先生，看到你真是很高興。近來你的身體如何呢？」

「你好，我的身體馬馬虎虎，可能是因爲上了年紀吧。」

福雷斯塔家的媽媽說道：「還好啦！巴克斯塔先生。」

這時，爸爸坐在搖椅上。

福雷斯塔家的雷姆坐在房間的另一端，說道：「那隻狗的腳是不是受傷了？」

「不是，腳沒有受傷。牠才不會隨隨便便被那些獵犬咬傷呢！」

雷姆又問道：「是很有價值的狗吧？嗯？」

「沒這回事，牠的價值根本不夠換一包煙，可別被牠騙了，這隻狗連被偷走的價值也沒有。」

「但是，我看你很重視牠嘛。牠應該不是沒有價值的狗吧？」

「是呀！」

「你會讓牠去追球嗎？」

「有時候會。」

雷姆靠了過來，好像從上往下看似地說道：「牠追熊追得好不好哇？」

「根本不行，在我們家中所有的狗裡面，牠的表現是最差的。」

「我頭一次看到像你這麼輕視自家狗的人。」

爸爸說道：「這隻狗的外觀看起來很漂亮，因此很多人都很喜歡牠，但是我並不想和你們做買賣，免得你們認為自己被騙了。」

「你在回家的路上會去打獵嗎？」

「當然，身為男人總是要去打獵。」

「哦，那麼怎麼可能會帶一條沒有用的狗呢？這是不合道理的事。」

福雷斯塔家的孩子們面面相覷，閉口不語。但是他們的黑眼珠都注視著雜種狗帕克。

爸爸說道：「狗又不好，而我的破爛填彈槍也正好壞了，根本無法一展身手。」

這些孩子們的黑眼珠又移到小屋的牆上，那兒陳列著福雷斯塔家狩獵的道具。喬弟看著這些陳列的槍，認為足以開一家槍店了。

福雷斯塔家的孩子們很都會賺錢，他們會進行馬的交易、賣鹿肉、做酒來賣，然後再用這些錢來買槍。另外，也買一些麵粉或咖啡等。

雷姆說道：「從來沒有聽說過你打獵會失敗呢！」

「但是，前幾天就失敗啦！槍無法發揮作用，反而爆炸，差點傷了我。」

「你在追甚麼？」

「就是那隻老熊斯爾福特。」

大家都很驚訝。

「在甚麼地方？牠是不是在追餌食？從甚麼地方來，又到哪裡去呀？」

福雷斯塔家的爸爸用枴杖咚、咚地敲著地板。

「大家住嘴聽巴克斯塔先生說話。他不是正在說嗎？怎麼你們像牛一樣地在叫個不停呢？」

福雷斯塔家的媽媽一邊忙著佈置餐桌，一邊說道：

「等用完餐再聽巴克斯塔先生講故事，你們這幾個孩子，真是沒有禮貌的傢伙。」

福雷斯塔家的爸爸也叱責孩子們：「真是沒有禮貌，客人都還沒有吃飯，就在那兒嚕嚕嗦嗦地說些甚麼。」

其中的一個孩子米爾賀依魯回到寢室，拿出一個細口的大酒瓶來。然後，用以玉米穗莖做成的繩子穿過酒瓶，再把瓶子交給喬弟的爸爸。

爸爸笑著說道：「我喝不了多少，請原諒我吧！我可不像你們這些高大的男子，有裝酒的地方。」

大家哄堂大笑。米爾賀依魯陸續把酒瓶交給每一個人。

「喬弟喝不喝呢？」

爸爸說道：「這孩子還不到喝酒的年齡呢！」

福雷斯塔家的爸爸說道：「說甚麼嘛！我從斷奶的時候，就開始喝酒了呢。」

福雷斯塔家的媽媽把食物放在大盤子裡，盤子好大，幾乎可以用來洗衣服了！

長長的餐桌上，擺著熱騰騰的菜餚，有乾籐豆煮培根、烤鹿腰肉、炸松鼠、玉米麵包、咖啡等等。

福雷斯塔家的媽媽說道：「巴克斯塔先生，如果知道你要來，我一定會煮一些更好吃的東西。來，先坐下來吧！」

喬弟一邊吞著口水，一邊偷眼瞧爸爸，心想看到這麼豐富的食物，應該高興才對。但是，爸爸臉上卻露出嚴肅的表情說道：「這已經是非常豐盛的食物了，大概只有鎮長才有資格這麼吃吧！」

大家開始用餐了。

喬弟坐在爸爸的對面，以及福雷斯塔媽媽和最小的孩子佛達溫格兩人之間。

佛達溫格一直拿好吃的東西給喬弟，美味的食物好像溶化似地慢慢減少了。

誠實的交易

福雷斯塔家爸爸說道：

「巴克斯塔先生，我想聽一聽有關那老熊的故事。」

大家圍坐在喬弟爸爸身旁，巴克正拿著小刀修爸爸破爛的槍和擊鐵。

爸爸開始說道：「福雷斯塔這傢伙好像影子似地偷偷來到我家中，殺掉了我們的種豬。由於牠太安靜，連我們家的狗都沒有察覺到。沒想到竟被這傢伙耍了。」

爸爸彎下腰來，撫摸蹲在腳邊的雜種狗帕克。

福雷斯塔家的人面面相覷，說不出話來。

爸爸繼續說道：「我們吃完早餐以後就出發，喬弟和我還有三隻狗終於追趕到那傢伙

——就在那『杜松河的河邊』。水流非常急、快又深。」

喬弟一邊聽一邊想，爸爸所說的比實際上狩獵的經過更精采。這件事情彷彿又重新出現在眼前一般。

爸爸生動地描述和斯爾福特的作戰。當描述到槍突然爆炸，以及斯爾福特幾乎把茱利亞殺死時，加比不禁緊張得吞不下煙，嗆得直咳嗽。

大家都握緊著拳頭，上半身都伸出了椅子之外，屏氣凝神地聆聽著。

巴克嘆息道：「這畜生！如果當時我也在場，那就好了。」

加比問道：「斯爾福特跑到哪裡去了呢？」

爸爸回答道：「這就不知道了。」

大家都沉默不語。

終於雷姆打破了沉默，說道：「怎麼眼前的這隻狗，你提也沒提呀？」

爸爸說道：「這也是沒辦法的事，這傢伙根本沒有發揮作用。先前我已經說過了。」

「你看，牠身上幾乎沒甚麼傷口嘛。」

「是呀！甚至連傷口都沒有。」

「這真是太聰明的狗，和熊作戰居然沒有受傷。」

爸爸兀自抽著煙斗。

雷姆起身來，走到爸爸身邊，有如泰山壓頂一般。然後，不停地按著手指關節，使之噗、噗作響，額頭上冒著汗珠。

雷姆用嘶啞的聲音說道：「我現在有兩個願望，一個就是想要幹掉斯爾福特那傢伙，另一個就是想要那隻狗。」

爸爸平靜地回答道：「啊呀！啊呀！這東西不行呀！我不想拿牠來跟你交換，免得您覺得自己被騙了。」

「你別想騙我，沒用的。我只想和你交換這隻狗。」

雷姆一邊說著，一邊朝牆邊走去，從牆上拿下了一挺槍。這是倫敦製的上等槍，兩個並排的槍身充滿著光澤，槍托是用胡桃木做成的，散發出柔和的光澤。兩個並排的擊鐵都是嶄新的。雷姆把槍扛在肩上，瞄準目標，然後將它交到爸爸手上。

「這是剛從英國運來的，已經不需要再填火藥了。只要裝上子彈就可以了，這就好像吞唾液一樣，非常簡單。裝上子彈以後，扣扳機——砰、砰，能夠連發兩槍，我就以一對一的方式和你交換那隻狗吧！」

爸爸說道：「啊呀！啊呀！那傢伙不行呀！太浪費這把槍了。」

「我想要這個東西。而且，既然我已經說了，你就不必再猶疑不決了。我真的很想要那隻狗，用槍和你換狗，如果你不答應，我一定會把牠偷走的。」

「啊呀！啊呀！既然你這麼說，我也沒辦法了。不過，我們在這些證人面前要做好約定，如果你帶著這隻狗去打獵，而覺得被騙的話，絕對不可以揍我哦！」

雷姆伸出毛茸茸的手來，握住爸爸的手。

「當然好啦！矮小先生，我們就握手爲證吧！」

雷姆吹著口哨叫喚雜種狗帕克，捉著牠的脖子，把牠帶到外面去了，似乎深怕爸爸反悔，又把狗要回去似地。

爸爸坐在椅子上，搖晃著身體，若無其事地把槍放在膝蓋上。

喬弟打從心底感到驚訝。

（爸爸欺騙了雷姆，但是如果雷姆發現自己被騙，由於兩人之間有了約定，他又不能夠揍爸爸。我以前都認為交易是一件難事，但是爸爸只不過說了實話，卻從雷姆那兒得到槍了。）

大家的談話一直持續到下午，巴克也修好了破爛的塡彈槍。

「以後就可以用了。」

爸爸把槍揹在背上，站起身來。

「雖然和你們這些好朋友道別，是一件很痛苦的事。但是，我們必須回去了。」

「今晚住在這兒吧！我們一起去獵狐狸。」

「謝謝，我也很想這麼做，但是家裡沒有男人在，我感到很不放心。」

這時，福雷斯塔家的么兒佛達溫格拉著喬弟的手臂說道：「那麼，讓喬弟留下來好了。我還有很多東西沒讓他看呢！」

巴克說道：「巴克斯塔先生，讓喬弟留下來吧！明天我到城鎮去的時候，騎馬載他回去好了。」

喬弟感到非常高興。

「爸爸，我想留下來。」

「好吧！既然大家都這麼說，你就留下來吧！」

爸爸拿著新槍和舊槍，朝自己的馬走去。喬弟跟在他身後，用手摸看那新槍，感受其柔軟的觸感。

爸爸小聲地說道：「幸好交易的對手是雷姆，否則把這隻槍拿回去，我也會覺得很難爲情。可是，這是雷姆欠我，因爲那傢伙曾經叫我『培尼』。」

「但是，爸爸在交易的時候，也只說了實話呀！」

「的確，我說的是實話。但是，我心中所想的卻是不一樣的事情啊！」

「如果雷姆知道被騙，會怎麼做呢？」

「他大概會想揍我一頓，但是這麼做只會惹來別人的嘲笑。再見啦！喬弟，乖乖待在這兒，等到明天哦！」

福雷斯塔家的人目送著爸爸離去。喬弟一邊向爸爸揮手，突然又覺得很寂寞，很想把爸爸叫回來。

這時，佛達溫格叫喚他：「喬弟，浣熊在水池裡撈魚呢！快來看。」

喬弟趕緊跑了過去。浣熊正伸出像人類似的小手，在那兒玩弄著水池的水呢！

整個下午，喬弟和佛達溫格都把浣熊當著玩具來玩。

到了晚上，鬧哄哄地用過晚餐以後，雷姆從牆上拿下了小提琴，輕輕地調好絃，便坐在椅子上開始演奏曲子。

亞奇拿出自己的吉他，坐在他旁邊。巴克則拿出口琴來，米爾賀依魯則敲著大鼓。喬弟和佛達溫格二人都坐在地上。

音樂的曲調並不和諧，好像森林中的山貓聚集在一起吼叫一樣，但是卻讓人覺得有吸引人傾聽的魅力與獨特的味道，在音樂逐漸和諧時，雷姆以低沉的聲音說道：「這兒有我所喜歡的女孩，我們一起爲她唱歌跳舞吧！」

喬弟直率地問道：「你喜歡的女孩是誰呢？」

「就是可愛的德葳凱啊！」

「咦，那不是巴特奶奶的兒子奧立佛的女朋友嗎？」

雷姆揮舞著小提琴的弓。喬弟嚇了一跳，真害怕自己被他打中。但是，雷姆又開始演奏小提琴，只是目光黯淡了許多。

「你再說一次看看，我會把你的舌頭割下來，知道嗎？」

喬弟努力地說道：

「好的，雷姆，也許是我搞錯了。」

「知道就好。」

第二天早上，巴克用馬載著喬弟回家。佛達溫格讓小浣熊騎在肩上，跛著腳一直跟到庭院盡頭，他不停地揮舞著枴杖，直到看不到兩人的蹤影爲止。

哈特奶奶的家

兩天後的早晨，喬弟抱著一捆柴走到門外。與斯爾福特作戰而受傷的茱利亞，拖著負傷的身體，一邊行走一邊找尋爸爸的蹤影。

喬弟彎下身來，摸了摸茱利亞的頭。最深的傷口還沒有痊癒，但是其他傷口都已經痊癒了。

爸爸從乾草小屋那兒走了過來，身上掛著奇怪的東西。爸爸叫喚著喬弟，對他說道：

「我得到了珍貴的獵物哦！」

喬弟連忙跑了過去，看到掛在爸爸手上的動物。這是與眾不同，但是卻又是他們所熟悉的動物，原來是浣熊。這隻浣熊有乳白色的毛，和普通浣熊的鐵灰色不一樣。喬弟看了打從心底歡喜。

「爸爸，爲甚麼是白色的？這是不是浣熊叔叔呢？」

「這就是浣熊奇妙的地方，浣熊不可能長到毛完全變白爲止，這是因爲牠是難能可貴的白子。書上也是這麼寫的，牠與生俱來就是白色的。」

「爸爸，牠是不是中了陷阱呢？」

「是呀！而且牠受了重傷，當時還沒死呢！這傢伙死去，實在令人覺得可惜。」

喬弟也覺得很可惜，因爲他從來沒有看過白色的浣熊。

兩個人合力把浣熊拖回家中，媽媽看到獵物時，很高興地說道：「這是你捉到的嗎？真是太棒了，這傢伙一直偷我們家的雞呢！」

爸爸說道：「很久以前，喬弟就希望擁有一個小小的皮製背包，就用這毛皮來爲他做一個。」

喬弟覺得很高興，但是，又覺得應該做點事來謝謝爸爸和媽媽才對。

「爸爸，我去打掃水塘。」

爸爸點點頭。

「我在每一年的春天時，都會想要挖一口深井，這麼一來，即使水塘髒了也不要緊。但是，磚瓦的價錢實在太貴了。」

媽媽說道：「我每天都過著珍惜水的日子，這樣已經二十年了，只知道要珍惜水，一點也不能浪費。」

爸爸說道：「是啊！辛苦妳了，媽媽。」

爸爸臉上佈滿了皺紋，喬弟非常瞭解爸爸的心情。這土地缺乏水，對爸爸而言，是一大痛苦的根源。這一點也成爲爸爸遠甚於媽媽和喬弟痛苦的回憶。

喬弟很希望能爲爸爸分憂，但是爸爸這時已經肩挑牛軛棒子，將它掛在自己狹小的肩上，兩邊掛著用粗大杉木做成的水桶，搖搖晃晃地走在從家裡到池塘的砂石路去。

轉眼又是母鹿生小鹿的季節了。穿過茂密的森林，可以看到一排排小小的腳印跟在母鹿大大的腳印後面。

有時候，也會看到雙胞胎小鹿的足跡。看到這些足跡時，喬弟很希望擁有小鹿，並且這麼想：留一隻給母鹿，另一隻給我就好了。

有一天早上，爸爸說道：「喬弟，今天我們兩人來去獵鹿吧！我發現了有小鹿的巢穴。看生長在野外的小鹿，就好像把小鹿養在家裡一樣，很有趣哦！」

「要帶兩隻狗去嗎？」

「不，只帶茱利亞。那傢伙自從受傷以後，根本沒有機會活動筋骨，反正這一次只是悠閒的打獵，對牠的身體也很好。」

媽媽說道：「請帶鹿肉回來。」

爸爸說：「喬弟，這把舊的填彈槍就交給你了。但是，你知道我先前因爲這把槍而受了傷，所以你千萬不要用這把槍抵住肚子哦。」

喬弟非常高興，揹著媽媽用乳白色小浣熊毛皮做成的背包，將子彈、雷管，以及裝滿了雷管的方型火藥盒都放入袋中。

爸爸說道：「媽媽，今晚我不回來了，因爲要到城鎮去買裝子彈的子彈盒。雷姆那傢伙是絕對不可能送給我的。而且，我還想買一些真正的咖啡。」

媽媽點了點頭。

「我想要一些針線。」

爸爸說道：「不過，現在鹿很可能是在對面的河川找尋餌食，我看到許多腳印都朝那兒去了。我和喬弟要到那兒去打獵，如果只獵到一、兩隻，就要把背肉和腰肉拿到城鎮去賣掉，換取我們所需要的物品。然後，我還要去哈特奶奶那兒。」

媽媽因爲和哈特奶奶相處得並不融洽，因此皺著眉說道：「你又要到那無聊的老奶奶家去耽擱個兩天了吧？那麼，喬弟就留下來好了。」

喬弟心不甘情不願地望著爸爸，向爸爸求救。爸爸說道：「我明天就回來了，我必須把喬弟帶去才行。如果他不學會打獵，怎麼能夠成長呢？」

媽媽回嘴說道：「真是好藉口啊！男人最喜歡在外面遊蕩了。」

「那麼，妳和我一起去打獵，讓喬弟留在家裡好了。」

喬弟格格地笑了出來，他一想到媽媽龐大的身軀穿過茂密樹木的樣子，就覺得非常滑稽。

媽媽也笑了出來，放棄似地說道：「真是笨蛋，隨你們好了。」

爸爸吹著口哨，叫喚茱利亞前來。過了中午以後，一行人朝東出發。

兩人在森林中獵到一頭鹿。這還是喬弟第一次使鹿受傷，而由爸爸負責刺中咽喉。兩人帶著獵物，沿著道路來到了河岸。然後，乘坐渡船到達對岸。

到了波魯茲店中，爸爸大聲地叫喚店主人：「你好嗎？波魯茲先生，這隻鹿怎麼樣啊？」

「蒸氣船的客人是不會要的，但是船長會想要。」

「現在鹿肉的價錢如何？」

「還是和以往一樣，背肉是一・五美元。我想，即使越過河川到城鎭那邊去，沿路不斷地叫賣著『賣鹿肉，賣鹿肉』，恐怕也不會有人要買。因爲有人認爲鹿肉沒有豬肉好吃。」

爸爸把鹿肉放在巨大的切肉台上，一邊剝皮一邊說：「雖然如此，但是對一些身材肥胖又有啤酒肚的人而言，自己沒有辦法打獵，因此，鹿肉就成爲他們愛吃的東西了吧。」

兩人不約而同地笑了起來。

在櫃檯下，喬弟隔著玻璃窗由這一端走到那一端，看到了一些看起來美味可口的餅乾、糖果，還有刀、槍、鞋帶、鈕釦、針線等。

牆上的櫥子裡，還陳列著桶子、盆子、石油燈，而對面還有許多布料。這全是在森林中無法得到的東西。

爸爸剝完鹿皮以後，切下要給哈特奶奶的鹿肉，然後帶著喬弟來到哈特奶奶的家。

哈特奶奶家的庭園種著色彩繽紛的花朵。白色的小屋種滿了金銀花和茉莉，好像掩蓋住整個地面一樣，真是令人又懷念又喜歡。

喬弟沿著庭園的小道一邊跑，一邊叫著：「喂！哈特奶奶。」

小屋裡傳來輕微的腳步聲，不一會兒，奶奶的身影就出現在入口。

「喬弟，你這淘氣的孩子。」

喬弟投到奶奶的懷裡，奶奶抱著喬弟又說道：「你真是個頑皮的孩子。」

奶奶很高興地笑了出來。奶奶的臉是桃紅色的，佈滿了皺紋。喬弟好像小狗似地聞著奶奶身上的味道。

「嗯，奶奶，妳好香啊！」

爸爸說道：「這是我們送給妳的禮物，是鹿肉。」

喬弟也說道：「而且，還有鹿皮哦！妳看，這是我頭一次獵到的，我頭一回把鹿刺傷了呢！」

老奶奶很驚訝似地把雙手伸向天空。喬弟的心情非常激昂，因爲能夠讓老奶奶這麼高興，他覺得自己好像親自獵到了美洲獅子一樣。

這時，一隻雪白的狗跑了過來，喬弟對牠說道：「來，夫拉夫。」

老奶奶說：「夫拉夫看到你，就好像看到親戚那麼高興呢！」

喬弟說道：「老奶奶，如果妳和我住在一起，恐怕看到我的時候，就不會這麼高興了。」

老奶奶吃吃地笑著說道：「你這話應該說給你母親聽才對，你們到這兒來，她一定很生氣吧！」

「也沒有那麼生氣啦！」

老奶奶繼續說道：「你的母親根本不知道甚麼是快樂。」

喬弟聞著這整個家中令他懷念的味道，那是老奶奶的味道、美味食物的味道與庭園花朵的味道。

從寬大的門向外望，河川在夕陽的映照下，呈現閃爍的金黃色，五彩繽紛的花朵散發出迷人的芳香。波浪的水把喬弟的心都拉向海洋。在那兒有哈特奶奶的兒子奧立佛一邊與暴風雨搏鬥，一邊乘船環遊世界。

晚餐都做好了，用白色的布當桌巾，上面陳列著各種美味的食品。

爸爸說道：「看我們這麼骯髒地到這兒來住宿，現在又坐在這麼美麗的桌前，實在非常不好意思。」

用完美味的晚餐以後，三個人在一起閒話家常，到了很晚的時候，老奶奶帶爸爸和喬弟到寢室去。

那是一個雪白的房間，喬弟鑽進雪白的被窩中，靠在爸爸身旁。

「老奶奶的生活真是很愜意啊！」

「有很多人都過著這麼愜意的生活。」

爸爸這麼說著，然後很體貼地繼續說道：「但是，你的母親沒有辦法過著像哈特奶奶那樣的生活，那並不是媽媽不好。即使媽媽有心想要過這麼好的生活，也不是輕易可以辦得到的。是爸爸不好，這不是媽媽的錯。媽媽也是莫可奈何，所以必須要過著那樣的生活。」

船員奧立佛

將近黎明時分，有一艘蒸氣船來到了船場，後來又響起出發的聲音。喬弟被這聲音吵醒了，爸爸也從睡夢中醒來，說道：「有船進港，可能是有人下船了。」茱利亞拼命地叫著，但是又立刻安靜下來。

「茱利亞認識這個人呢！」

「對了，是奧立佛！」

喬弟大叫著，從床上跳了下來。老奶奶的狗夫拉夫也一邊叫著，一邊跑了出來。外面傳來說話的聲音：「不要叫，別把陸地上的人都吵醒了。」

哈特奶奶也從寢室跑出來。

兒子奧立佛跳入家中，緊緊抱住老奶奶的腰，不斷地轉著。然後，又抱起喬弟和夫拉夫不斷地轉著。喬弟的爸爸也穿好了衣服，走出來與奧立佛握手。

吵鬧聲總算告一段落，奧立佛把呢絨背包揹進家中，然後打開袋口，拿出送給大家的禮物。給哈特奶奶的是一塊絲綢，給喬弟爸爸的是煙草，而喬弟得到禮物是打獵用的尖銳刀子。

喬弟心裏十分高興，藉著陽光的照耀，不斷地看著刀子。

「在森林中，沒有人有這樣的東西，就算是福雷塔斯家的人，也沒有人有這樣的刀子呢！」

「奧立佛點點頭，說道：我也這麼想，絕對不能輸給那些黑鬍子的傢伙。」

喬弟突然想到甚麼似地說道：「奧立佛——福雷斯塔家的雷姆說，他很喜歡德葳凱呢！」

奧立佛輕笑道：「哦，那是我喜歡的女孩，怎麼可能讓別人奪走呢？」

喬弟看看奧立佛那張男性化的臉。

吃完了熱鬧的早餐以後，奧立佛立刻站了起來。

哈特奶奶說道：「你又要丟下我一個了嗎？你不是才剛回來，又想要去見那個黃頭髮的德葳凱了嗎？」

「是呀！巴克斯塔先生和喬弟在這兒多聊一會兒吧！待會我再回來。」

奧立佛戴著船員的帽子走了出去，喬弟感到很失望。

「我還沒有聽奧立佛說船上的故事呢！」

哈特奶奶也說：

「雖然這孩子每次回到家中，但是都把我一個人丟下來，讓我覺得非常寂寞。比起在他出海的時候而言，還更加寂寞呢！」

喬弟說道：「都是德葳凱的緣故，那個人真是不好呀！」

不久之後，附近的鄰居慌張地跑了過來。

「奧立佛和福雷斯塔家的兒子們打起架來了！在波魯茲店前，奧立佛揍了雷姆，好打架的福雷斯塔家的兒子們把奧立佛修理得很慘，奧立佛快被殺了！」

爸爸連忙朝波魯茲店跑去，喬弟也緊地跟在他身後。

「爸爸，我們要幫助奧立佛嗎？」

「是呀！我們當然要幫助失敗的一方，所以我們要去幫助奧立佛。」

喬弟覺得自己昏頭腦脹似地。

「爸爸，先前你說，我們一定要和福雷斯塔家的人好好相處才行，否則無法居住在現在的土地上。」

「我的確是說過。但是，我不可以看奧立佛被揍而不管呀！」

喬弟覺得整個身體都快麻木了。他認爲奧立佛應該受到懲罰，因爲他丟下大家不管，而去見自己心愛的女孩。而且，如果幫助奧立佛，就沒有辦法和福雷斯塔家的么兒佛達溫格建立很好的關係了。這是他無法忍耐的事情，喬弟說道：「我才不要幫助奧立佛呢！」

爸爸並沒有回答，只是繼續往前跑。

打鬥仍在波魯茲店前持續進行著。附近充斥著滾滾的沙塵，由於大家都擠著看熱鬧，因此看不清戰鬥的場面，只看到城鎮裏面的人。

德葳凱站在人叢中的盡頭。那被大家譽爲漂亮女孩的德葳凱，喬弟卻很想去扯她那柔軟的黃色頭髮。她臉色發白，瞪著青色的眼睛，在那兒凝視打鬥的情形。

爸爸推開人群朝前進，喬弟也跟在他身後。

看來福雷斯塔家的人真的要把奧立佛殺了。奧立佛以一對三，即雷姆、米爾賀依魯與巴克。

奧立佛臉上夾著血和砂。雷姆和巴克又向他飛撲過去，只聽到拳頭捶打骨頭的篤、篤聲響。奧立佛倒在砂上，眾人歡喜地叫著。

喬弟心裏覺得難過，雖然覺得奧立佛受到懲罰真是活該，但是三個人打一個人也實在是太過份了。

喬弟跳到雷姆的背上，捉住他的脖子，打他的頭。雷姆把喬弟揮開，然後轉了個身繼續打躺在地上的奧立佛。

「你們太過份了。」爸爸高聲地說道：「三個人打一個人，這哪算是正當的行爲？」

雷姆走了出來，說道：「我並不想殺了你，但是如果你還要阻止我們這麼做，我就會像捏死一隻蚊子一樣地揍扁你。」

「要打架的話，就必須像男子漢一樣地打。」

巴克走了過來，說道：「我們是打算一個一個地對付他，但是，奧立佛那傢伙卻先出手打我們。」

奧立佛站起來說道：「不管在甚麼地方，只要有人說像雷姆那樣的話，我就會揍他。」

雷姆說道：「好，很好！再來吧！」

於是，又開始打架。爸爸也加入了打鬥中。雷姆越過爸爸的頭毆打奧立佛，奧立佛好像破爛的洋娃娃似地，倒在砂上無法動彈。

爸爸用拳頭揍雷姆的下巴，巴克和米爾賀依魯從兩邊扶住了雷姆。雷姆回揍爸爸的腋腹。

喬弟也捲入了這場風暴中，他咬雷姆的手跟他那龐大的腿肚。雷姆好像不願意被小狗打擾似地回過頭來，揍了喬弟一拳，喬弟昏了過去，跌入黑暗的世界中。

喬弟突然清醒過來，想著：我做了一個打架的夢。

喬弟現在躺在哈特奶奶的寢室，從脖子到肩膀的部位突然產生一股刺痛感。在感覺疼痛的同時，他突然想到：真的打過架了。

過了中午時分，哈特奶奶說道：「這孩子醒過來了。」

喬弟終於說道：「啊！老奶奶。」

奶奶正在對喬弟的父親說話。

「這孩子像你一樣，非常地強壯。你看，他不是很有元氣嗎？」

爸爸出現在床的另一端，一隻手腕上綁著繃帶，一隻眼睛被揍成了黑眼圈。爸爸笑著對喬弟說道：「我們這一次可發揮了很大的作用哦！我和你都一樣。」

喬弟問道：「奧立佛在哪兒？」

哈特奶奶回答道：「在睡覺。」

「他是不是受了重傷啊？」

「總該給他一點教訓了，他那男子氣概被修理得消失得無影無蹤，我想那黃頭髮的女孩會有好一陣子不理他呢！」

爸爸說道：「我真的非常感動。你在看到朋友有難時，就趕緊跳過去幫忙。」

喬弟心裏想著：福雷斯塔家的人是我們的朋友啊！

爸爸似乎能夠瞭解喬弟的心思，繼續說道：「看來，我們和福雷斯塔家的鄰居關係要終止了。」

喬弟覺得自己從頭到心窩都非常疼痛，要他斷絕和自己最喜歡的朋友——佛達溫格的關係，幾乎是不可能的。

爸爸把頭放入枕頭下，幫助喬弟慢慢起身。喬弟慢慢地坐起身來，覺得整個身體都非常僵硬，就好像從無花果樹上掉下來似的感覺一樣。

爸爸說道：「我們必須回家了，否則媽媽會生氣哦！」

「可是我必須向奧立佛道別啊！」

「當然囉！但是，看到奧立佛的時候，不可以對他說他的臉看起來很糟，他是一個自尊心很強的人。」

喬弟來到了奧立佛的房間。奧立佛的眼睛腫了起來，擋住了視線，就像是掉入了大胡蜂巢一樣，已經不再是漂亮的船員了。大家都認爲這是德葳凱的緣故，喬弟繃著臉說道：

「再見了，奧立佛。」

奧立佛也簡短地回道：「謝謝你，喬弟。再見了！」

爸爸和喬弟走出了哈特奶奶的家回頭一看，老奶奶還不停地在那兒揮著手呢！

響尾蛇

六月中旬的某一天下午，喬弟來到正在菜園裏工作的爸爸身邊。

爸爸問道：「豬還沒有回來嗎？」

「還沒有。」

爸爸不禁皺著眉，本來飼養在住家附近的豬，這幾天都沒回來。

「福雷斯塔的那些傢伙們，難道設了陷阱去捕捉這些傢伙嗎？我雖然不想要這麼想，但那些豬這麼多天都沒有回來，真是奇怪。如果遭到熊的攻擊，也不可能全部沒有回來啊！等到菜園工作結束以後，我就要帶著立普和茱利亞去瞧瞧，看是怎麼回事。」

「如果真是福雷斯塔家的人設陷阱捉了豬，該怎麼辦呢？」

「到時候，就必須做我們該做的事了。」

「還要再次和福雷斯塔家的人打鬥，你不害怕嗎？」

「不怕，因爲我們是對的。」

「不是對的，就會怕嗎？」

「如果我們做得不對，當然就不能和他們打鬥囉！」

「如果再挨揍，該怎麼辦呢？」

「只能說是我們自己倒楣。」

「我也覺得是福雷斯塔家的人偷了我們的豬。」

「沒有肉怎麼能夠過活呢?被揍了一頓，即使眼睛腫了，很快就能夠痊癒，但是肚子餓的話，可就糟了。我想，你不可能願意當乞丐吧？」

喬弟愁眉苦臉地說道：

「我是不準備這麼做啦!不過……」

「走，我們回家去吃晚餐吧！」

吃過晚飯以後，兩個人朝西出發。這時，太陽還掛在樹梢上，沒有一絲風。赤腳踩在砂上，覺得好像發燙一般。

立普和茱亞一邊走，一邊地聞著。想要聞出豬走過的路是很困難的，因爲地面有好長的一段時間都是乾旱的了。

大概又走了五公里的距離，爸爸蹲下來檢查足跡。看到掉落在地上的玉米粒，撿拾在手掌上，一邊把玩著一邊指著馬蹄的足跡說：「這傢伙真的餵豬吃東西呢！」

爸爸站了起來，臉上露出難看的表情。

「喬弟，你跟著我吧！」

「一直跟到福雷斯塔家嗎？」

「不管跟到哪兒，總之是要到有豬的地方。豬一定是被關在獸欄裏。福雷斯塔這些傢伙們，即使和奧立佛打架，或是揍了我和你，我都會原諒他們。但是，這次他們做了這麼卑鄙的事情，我實在無法原諒他們。」

又朝前走了四百公尺，看到了粗糙的陷阱。陷阱中的彈簧已經彈了起來，但是陷阱中卻空無一物。獸欄右邊的砂上，還可以看到車輪輾過的痕跡。車輪的痕跡朝著福雷斯塔家的「島」延伸而去。

「很好，喬弟，我們就跟著這痕跡吧！」

這時，太陽已經下山了。沿著車輪痕跡的道路走去，到處都可以看見葡萄藤。爸爸縮著身子一邊除去葡萄藤，一邊說道：「如果前面有麻煩的東西在等待我們，就必須更加認真地去對抗才行。」

這時，沒有任何徵兆，從葡萄藤下方突然竄出一條響尾蛇來，有如影子一般朦朧的身軀，很快地撲了過來，比巖燕的動作更加迅速，比龍爪的攻擊更加猛烈。

爸爸朝後退了幾步，發出了尖叫聲。喬弟也向後退了幾步，想叫卻叫不出來。後來，腳好像生根一樣，一動也不動，無法發出聲音來。

爸爸叫道：「快後退！捉住狗。」

喬弟如夢初醒似地趕緊向後退，捉住兩隻狗的脖子。這時，響尾蛇的身體不斷地向前進，鐮刀形的脖子抬得高高地，幾乎到達爸爸膝蓋的高度，那鐮刀形的脖子朝左右搖動，隨著爸爸緩慢的動作而不斷地移動著，尾巴繞成圈，嘎嘎作響。

爸爸猶如置身於夢中一般，慢慢地向後退，然後架起了槍發射。

喬弟嚇得直發抖。響尾蛇盤成一團，抽搐著轉著身體，鐮刀形的頭部埋入砂中，粗大的身體從頭到尾巴扭曲成一團，尾巴發出了微弱的聲響，最後終於停止了。

爸爸回頭看看喬弟，說道：

「射中了。」

然後，抬起右手臂，忘我似地看看自己的手臂，肌肉上留有兩顆牙印，從傷口滲出血來。爸爸的臉是灰色的。

「死神要降臨了。」

爸爸突然回頭，死命地朝回家的方向跑去。喬弟氣喘咻咻地跟在爸爸身後，心臟噗呼噗呼地跳著，幾乎看不到自己的腳步。

突然，爸爸停下了腳步。原來前面有聲音沙沙作響，一看，一隻母鹿跳了起來，爸爸好像放鬆似地深深吸了一口氣，立刻把槍架在肩上，瞄準母鹿的頭發射。

喬弟腦海中掠過一個念頭，爸爸是不是瘋了？站在那兒就對準獸物發射了。

爸爸射了一槍，母鹿朝後退，倒在砂上，只是腳部輕踢了數下，就動也不動了。

爸爸跑向母鹿的屍體，拿出刀子來。喬弟愈來愈覺得爸爸真的是不對勁了。

爸爸不像平常一樣，割斷屍體的喉嚨，卻是用刀割開母鹿肚子，這時，母鹿的心臟還在有力地跳動著。

爸爸割下母鹿肝臟，然後換由左手拿刀子，翻起右手臂，上面還能清楚地看到兩個牙印的痕跡。傷口已經不再流血，但是卻發黑，而且腫脹。

爸爸很快地將傷口切開，讓黑色的血流出。爸爸將還溫熱的肝臟抵住傷口，用嘶啞的聲音說道：「我知道這東西能夠吸毒——」

爸爸更用力地把肝臟按入傷口，然後更重新調整位置，觀察傷口的情況。這時，已經變成了帶毛的綠色。爸爸把肝臟再翻過來，換個新的部份緊貼在傷口上。

「切一塊心臟給我。」

喬弟突然清醒過來，手不斷地發抖，切下了心臟交給爸爸。爸爸又把心臟按在傷口上說道：「再給我一塊。」

就這樣不斷更換新的內臟。

「爸爸，痛不痛啊？」

「你用發燙的刀刺自己看看吧！」

鹿的內臟從傷口吸出許多毒汁，傷口已經不再是綠色的了。透過不斷地換新的內臟，終於把毒吸出來。

爸爸站了起來，平靜地說道：「已經可以了，我先回家去。你到福雷斯塔家，拜託他們騎馬去請威爾森醫生來。」

「他們會答應嗎？」

「沒辦法，只好試試看了。在他們還沒有揍你，還沒有用槍射你之前，先趕緊把事情說出來。」

爸爸轉回頭，朝家的路上走去。喬弟跟在他身後，這時，後方響起喀嚓、喀嚓的聲音。回頭一看，原來是小鹿朝樹林外窺視，睜著黑黝的大眼睛，好像感到很奇怪似地。

喬弟不禁叫出聲來。

「爸爸，那隻母鹿還有小孩呢！」

「不管牠了。喬弟，快去吧！」

喬弟似乎覺得小鹿非常可憐，不禁停下腳步。小鹿很困惑似地抬起頭來，慢慢地走近母鹿屍體，低下頭來，聞一聞母鹿的氣味，發出哀嚎的聲音。

爸爸叫道：「快一點！喬弟。」

喬弟趕緊跑了過去，追趕爸爸。爸爸停下腳步說道：「如果你在這條路遇到人，請他們沿著這條路朝我們家的方向走。如果中途遇到我，請他們把我帶回家去，快去吧！」

喬弟覺得整個身體發緊，心裏很害怕爸爸因爲中毒而倒在回家的路上，那時候該怎麼辦才好呢？喬弟想到這裏，拼命地朝福雷斯塔的家跑。

與死神作戰

喬弟沿著有車輪的痕跡拼命地跑著，雖然腳不停地上下移動，卻覺得自己好像一直穿梭在相同的樹林中。

後來，突然發現自己來到一個熟悉的轉角處，原來已經到了福雷斯塔家了。

喬弟在鬆了一口氣的同時，也覺得很害怕，他害怕的是福雷斯塔的家人。如果被拒絕了，該如何是好呢？喬弟站在橡樹林的陰暗處，內心徬徨不已。

喬弟突然想到，最好是去叫和自己很好的佛達溫格。他聽到自己的聲音，一定會出來的。

喬弟朝著小路跑著，不斷地叫著。

「佛達溫格，佛達溫格，是我，我是喬弟。」

他想，佛達溫格一定會慌忙地跑出來，但是卻杳如無人。喬弟跑進砂地的中庭。

「佛達溫格，是我。」

這時，福雷斯塔的門已經敞開了。福雷斯塔的男孩們陸陸續續地出現在門口。

雷姆出現在門口，一看過來的是喬弟，怒吼道：「這傢伙來做甚麼？」

喬弟屈辱地說道：「佛達溫格他——」

「他病了，不能見你了。」

這實在太過份了，喬弟哇地哭了起來，抽泣著說：「爸爸——被蛇咬了。」

福雷斯塔家的人都走了出來，圍繞在他身邊。喬弟抽噎得更加厲害了。他覺得自己和爸爸都很可憐，但是又想到，好不容易才到這裏，真是鬆了一口氣。總之，按照爸爸的吩咐，趕緊把事情說出來。

福雷斯塔的人問道：「你老爹在甚麼地方被咬的？是甚麼樣的蛇？」

「是響尾蛇，好大的響尾蛇哦！爸爸已經朝回家的路上走了，但是有沒有回到家，我就不知道了。」

「已經開始腫了嗎？甚麼地方被咬了？」

「手臂被咬了，有一點腫，拜託你們去請威爾森醫生來。請你們幫幫我的忙，我不再是奧立佛的同志了。」

雷姆笑道：「你這傢伙不會再咬我了吧？」

巴克說道：「叫醫生也沒有救了。手臂被咬到，可能很快就會死了。」

「爸爸殺了一頭母鹿，用他的肝臟吸出毒來。拜託你們用馬去請醫生來。」

米爾賀依魯說道：「我去叫醫生。」

喬弟心中覺得好像沐浴在陽光下一樣，變得非常明朗。

「真是謝謝你。」

「即使被咬的是狗，我也會這麼做。你不必向我道謝。」

巴克說道：「我也騎馬去找你老爹吧！被蛇咬了還走路，對身體並不好。但是，遺憾的是我們家已經沒有威士忌，也沒有解毒劑了。」

加比說道：「那位老醫生那兒應該會有，如果他不是喝得爛醉，應該還會剩下一些。大家趕快分頭去辦事，應該還有救的。」

巴克和米爾賀依魯的馬在馬廄中，喬弟心中雖然著急萬分，但是只能目送他們離去。

雷姆說道：「小傢伙，如果你老爹真的死去，就很麻煩了。」

大家都進入屋子裏。喬弟心中很擔心，怕他們會丟下爸爸不管。這時，巴克和米爾賀依魯騎著馬出現了。

巴克並不是那麼粗魯的人，他舉起手來對喬弟說道：「喬弟，你在這兒擔心也是沒用的，只要做你能夠做的事就好了。我們在這兒擔心，也無法發揮作用。」

兩人騎馬離去，喬弟真的覺得自己鬆了一口氣。看來大壞蛋只是雷姆一個人而已，喬弟決定只恨雷姆一個人。

馬蹄聲漸去漸遠，喬弟也拔腿往自己家的方向跑。

東邊傳來了一陣轟隆隆的雷聲，天空可以看到閃電的光芒。樹葉被雨水淋溼了，颳起了大風，暴風雨來臨了。

喬弟低著頭，面對著暴風雨，不斷地前進。全身都被淋溼了，雨水滑進脖子裏，掉到體內，鑽進褲子裏。

喬弟想道——

（難道爸爸真的死了嗎？或者是快死了呢？）

這麼想時，覺得難過得很。爲了揮去不祥的念頭，喬弟趕快加緊腳步，跑了起來。

（爸爸不會死的，沒有爸爸的話，就糟糕了。）

喬弟邊跑邊啜泣，淚水滑進了嘴裏，味道是鹹的。

在暴風雨中，終於抵達巴克斯塔家的「島」。看到自己家屋內閃耀著蠟燭的火光，還有三隻馬繫在那兒。

喬弟連忙跑進小屋子裏，沒有人出來迎接喬弟。巴克和米爾賀依魯坐在沒有火的火爐邊的椅子上，輕鬆地在那兒交談著。

看到喬弟時，只說：「嗨！喬弟。」又繼續說話了。

喬弟擔心得眼圈都發黑了，也沒有勇氣詢問他們爸爸的情形。逕自走過他們身邊，來到了爸爸的寢室。

媽媽和威爾森醫生坐在床的兩邊。醫生並沒有回頭看喬弟，媽媽看到喬弟時，默默地站了起來。來到衣櫥邊，拿出乾淨的襯衫和褲子交給喬弟。喬弟脫掉了溼衣服，悄悄地靠近床邊，在那兒想著——

（不會死了，爸爸應該不會死了？）

這時，躺在床上的爸爸開始動了。喬弟興奮得覺得心臟快要跳出來了。

爸爸呻吟著，在那兒動著，臉部發黑而腫脹。

喬弟小聲地問道：「爸爸，你運氣不太好哦？」

「的確，運氣真不好。原本以為運氣很好，沒想到運氣卻不好。」

爸爸睜開腫脹的眼睛，移動自己的手臂。這手臂就像雄牛的大腿那麼粗。爸爸以混濁的聲音對喬弟說道：「你這樣會感冒哦！」

喬弟趕緊穿起衣服，醫生高興地點頭說道：「這是好的徵兆，能夠分辨出你來。而且，是頭一次開口說話呢！」

喬弟很開心，但是心中又覺得充滿著悲哀。

（爸爸這麼痛苦，還能夠注意到我的事情。爸爸絕對不能死，爸爸絕對不可以死。）

在醫生的指示下，儘量讓爸爸多喝牛奶。爸爸突然開始冒汗了，醫生說道：「這樣子很好，要去毒的話，就必須要流汗。我們的威士忌都已經用完了，現在必須盡量讓他流汗才好。」

爸爸陷入了沈睡中。

媽媽有如放下心中的大石似地說道：

「神啊！他是一個連麻雀都不忍心殺害的人，請祢一定要伸出救援的手來。」

補償

喬弟做了一個可怕的夢，那是和爸爸一起與響尾蛇作戰的夢。巨大的蛇高高地抬起頭來，到達臉的高度，爸爸被壓在蛇的下面，臉腫得像個熊一樣地死去。喬弟嗚咽著醒了過來。

喬弟躺在硬梆梆的地板上，清晨微弱的光芒照進了房間裏。喬弟突然清醒過來。慌忙地站了起來，看著爸爸。

爸爸正躺在床上發出均勻的鼾聲。雖然臉部還是腫而發燙，但是看起來也只像被蜂螫了一下。

威爾森醫生也清醒過來，看著爸爸。

「啊！終於度過危險期了。」

這時，媽媽也從夢中醒了過來，叫著問道：「死了嗎？」

「我有老花眼，看起來好像不是這個樣子。」

媽媽「哇」地哭了出來，醫生問道：「這是悲傷的事嗎？」

「如果他死去，我實在不知該怎麼辦才好。醫生，你應該會瞭解吧？」

喬弟從來沒有聽過媽媽這麼溫柔地說話。

爸爸清醒了過來，臉上露了微笑。

「死神暫時還不想接見我呢！」

巴克和米爾賀依魯走進了房間，露齒一笑。巴克說道：「雖然我並不喜歡你這大男人的作風，但是你能夠活，真是嚇了我一跳。」

爸爸閉上眼睛說道：「我真想睡上一個禮拜。」

醫生說道：「你最好這麼做。現在已經沒有我要做的事了。」

媽媽說道：「休養期間，田裏的工作該由誰來做才好呢？如果喬弟願意做，那就太好了。」

「媽媽，我會做的。」

巴克說道：「我暫時留下來，幫你們種玉米吧！」

媽媽溫柔地點頭說道：

「真是麻煩你了。不過，如果沒有玉米，我們三個人就像是被毒蛇咬死一樣。」

吃完早餐以後，大家都悠閒地在那兒聊天。

喬弟不知不覺地想起了小鹿，於是他悄悄地離開眾人，來到爸爸身邊說道：「爸爸，你覺得怎麼樣啊？」

「還不錯啦！喬弟。不過，我覺你真的很了不起，當時你一直不慌不忙，做你該做的事。」

喬弟猶疑地說道：「爸爸——你記得那頭母鹿和小鹿嗎？」

「我怎麼會忘記呢？真可憐啊！其實，是那頭母鹿救了我。」

「小鹿不知道是不是還在那兒，牠可能有點餓，並且害怕。」

「也許是吧！」

「爸爸，我已經長大了，不需要喝牛奶了。我想去找小鹿。」

「然後，把牠帶回來是嗎？」

「然後，把牠養大。」

爸爸一直看著天花板，終於開口說道：「喬弟，我真是輸給你了。」

「我們必須要當小鹿的媽媽才行，畢竟小鹿沒有任何罪過呀！」

「說得也是，如果讓牠挨餓，我就是一個不懂得知恩圖報的人了。因此，我不會阻止你去。今天早上當我醒過來時，我的想法已經完全改變了。」

「那麼，是不是可以請米爾賀依魯騎馬載我去找一找呢？」

「你可以告訴媽媽，我答應你了。」

喬弟回到桌前，媽媽正在爲大家倒咖啡。

「媽媽，爸爸說我可以去找小鹿。」

「甚麼小鹿啊？」

「就是我們殺掉的那頭母鹿的孩子嘛！爸爸用母鹿的肝臟吸了毒，才撿回一條性命。爸爸說，如果讓小鹿挨餓，他就是一個不懂得知恩圖報的人。」

威爾森醫生說道：「這倒是真的。對於有恩於我的，總是要給予報答。」

米爾賀依魯說道：「我騎馬帶著喬弟去找找看。」

媽媽不再堅持反對，而說道：「既然如此，你就必須用自己的牛奶養大牠──我們家已經沒有多餘的食物了。」

醫生收搶自己的東西，準備回去了。

「病人應該會逐漸痊癒，如果有甚麼變化，再通知我好了。」

「啊呀！啊呀！真是對不起。醫生，我不知道該付你多少錢，雖然我現在沒有能力，但是等到收成以後——」

「不必付錢了，我甚麼也沒做。是病人在我來到以前，就先救了自己。」

醫生突然看到那用奶油色浣熊皮做的背包，眼睛爲之一亮，說道：「哦！好漂亮的東西呀！如果要帶著藥去看病人，這背包是最好的了。」

喬弟很快地從掛勾上拿下背包，交到醫生手中。

「這是我的，送給醫生。」

「謝謝你，當我帶著背包的時候，我都會想到你。」

喬弟感到十分高興。

打算回家的米爾賀依魯，讓喬弟坐在馬上。威爾森醫生則朝相反的方向回去了。

喬弟對米爾賀依魯說道：「不知道小鹿是不是還在那兒。」

「如果牠還活著，我們一定會看到的。」

走了一會兒之後，喬弟說道：「應該是在這附近。爸爸被蛇咬了以後，殺了母鹿，我就是在這兒看到小鹿的。」

「你和爸爸兩個人到這兒來做甚麼呢？」

喬弟回答道：「找我們家的豬啊！」

「咦——原來是這樣啊！嗳，不必在意豬的事情了，我心裏有數，豬在黃昏以前就會回家了。」

「如果真的回來了，爸爸媽媽一定會很高興的。」

米爾賀依魯想了想，說道：「我真的從來沒想過你們家會過得那麼拮据。」

喬弟突然想起了佛達溫格。

「佛達溫格是真的生病，還是雷姆爲了不讓我見他，而故意這麼說的呢？」

「那孩子真的生病了，他不像你這麼健壯。」

「哦！如果我想見佛達溫格，雷姆會讓我見他嗎？」

「現在恐怕不行吧！等到雷姆不在的時候，我再通知你好了。但是，我們要到哪裏去找小鹿呢？樹林愈來愈密了。」

喬弟突然不願意和米爾賀依魯在一起了，因爲害怕小鹿死去，或是找不到小鹿時，被米爾賀依魯發現自己失望的表情。

甚至在找到小鹿時，那種喜悅的心情也是一種秘密，這也不願意和別人一起分享。

喬弟說道：「我想，牠應該不會走得太遠才是。如果騎馬去找，恐怕樹林會愈來愈密，並不好走，還是讓我獨自去找較好。」

「也好。不過，你在棕櫚樹叢中找小鹿的時候，一定要小心一點，這附近是響尾蛇的巢穴！再見了！」

「再見，非常謝謝你！」

新家族

喬弟獨自鑽進了樹木中，四周靜悄悄地，樹枝低低地垂掛在眼前。喬弟小心謹慎地通過樹枝之間，心想：如果響尾蛇有逃走的餘裕，就不會跳出來咬自己了。

終於來到了由橡樹林圍繞著的空地，一群禿鷹正包圍著母鹿的屍體。當喬弟走近時，牠們都伸著長長的脖子回頭看喬弟，好像恐嚇他似地在那兒大叫著。喬弟把撿到的樹枝仍向牠們，牠們一窩蜂地飛到附近的樹上。

喬弟來到母鹿的屍體旁邊，撥開看到小鹿時的草叢，但是並沒有看到小鹿。

不過，棕櫚樹林下，發現了小鹿的足跡，尖尖的像鴿子一般的足跡，非常地可愛。喬弟鑽進了棕櫚樹叢中。

眼前，突然有個東西在移動。喬弟嚇了一跳，向後退了一步，小鹿抬起頭來，望向喬弟這一邊，好像覺得很神奇似地，不停地搖著頭，閃閃發亮的眼睛一直凝視著喬弟。喬弟強自壓抑住興奮之情，慢慢地靠近牠。

小鹿在那兒發抖，但是並沒有要站起來或逃走的意思。

喬弟以輕柔的聲音說道：「是我。」

小鹿伸出鼻子來，聞一聞喬弟的味道。喬弟用一隻手撫摸牠那柔軟的頸項，覺得摸起來很舒服。

喬弟用四肢爬行，慢慢地靠近小鹿身邊。然後，用雙手抱住小鹿，小鹿在那裏不斷地發抖，但是一動也不動。

喬弟溫柔地撫摸小鹿的腋腹，小鹿的毛皮比起奶油色的浣熊更加柔軟、平滑、一點也不髒。而且，散發著一股聞起來讓人覺得很舒服的青草味。

喬弟慢慢地站起來的時候，也把小鹿從地面上抱起來。小鹿並不比茱利亞重，但是腳卻垂掛在地面，非常長，因此喬弟要盡可能高舉小鹿才行。

喬弟就這樣抱著小鹿不停地走著，每踏出一步時，小鹿的脖子就在那兒不停地搖晃著。喬弟猶如置身於夢中一般，不敢相信自己懷裏抱的是小鹿。

來到大路上時，停下來稍微喘了一口氣，小鹿的腳碰到了地面。小鹿搖搖晃晃地站了起來，看著喬弟，發出了哭泣的聲音。

喬弟出神地說道：「等我休息一下，待會兒再抱你。」

喬弟想到了爸爸所說的話，那就是小鹿會黏著一開始就抱牠的東西。喬弟開始慢慢地走著，小鹿追趕在他身後。現在，小鹿是喬弟的所有物了，喬弟覺得從來沒有這麼興奮過，不久又抱起小鹿。

好不容易回到家，就見到巴克牽著老馬凱薩在玉米田裏工作。

喬弟抱著小鹿來到爸爸的房間，爸爸正在睡覺。

「爸爸，你看！」

爸爸轉過頭來，看到喬弟緊緊地抱住小鹿站在那兒。喬弟眼中，閃爍著和小鹿眼裏一樣的光芒，爸爸看在眼裏，臉上不禁露出爽朗的笑容。

「你能找到牠，真是太好了。」

媽媽走進了房間。

「媽媽，妳看！這是我找到的小鹿，很可愛吧？牠有漂亮的斑點，還有好大的眼睛呢！」

媽媽繃著臉說道：「我還以爲是一頭小鹿，如果是一頭小鹿，牛奶還是會夠的。如果我知道牠這麼大，無論如何也不會答應你養牠。」

爸爸說道：「媽媽，我現在對妳說的話，再也不會說第二次了。這頭可憐的小鹿和喬弟一樣，妳必須要好好地對待他們。這傢伙是屬於喬弟的，絕對不要吝惜牛奶和食物。如果妳想對這傢伙發牢騷，就來找我吧！」

喬弟從來沒有聽過爸爸對媽媽這麼嚴肅地說過話，媽媽找藉口似地說道：「我只是覺得牠太大了而已嘛！」

「那就好，按照我所說的去做吧！現在，我想要休息一下，說話讓我覺得很疲倦。」

喬弟來到了廚房，小鹿搖搖晃晃地跟著他。喬弟把牛奶收到小瓢中，再拿到小鹿跟前。小鹿聞到牛奶的味道時，突然用頭去搓小瓢，牛奶幾乎都要濺到地上去了。

喬弟再把小鹿帶到中庭，再讓牠喝牛奶，但是小鹿還是不知道該怎麼喝。

於是，喬弟用手指去沾牛奶，塞到小鹿柔軟的口中。小鹿貪婪地吸吮他的手指，當喬弟把手指拿開時，小鹿拚命地叫著，同時用頭去搓喬弟。

喬弟只好再用手指去沾牛奶，再給小鹿吸，然後慢慢地放下手指，把手指浸在牛奶中。接著，再把沾著牛奶的手指給小鹿吸。小鹿不停地喘氣，邊吸邊喘氣，似乎感到十分開心似地，小小的鹿蹄呼呼地踩著地，眼睛也很舒服地閉上了。

小鹿的舌頭碰到喬弟的手指時，感覺十分舒服。小鹿拚命地搖著那小小的尾巴，把最後一點的牛奶吸個精光。喬弟還想再餵牠多吃一點牛奶，但是必須要留一點給父親，不能夠全部給小鹿喝。

喬弟想要爲小鹿找一個能夠安睡的地方。環視家中，沒有一個能讓牠舒適入睡的地方，於是繞到自家後面的小倉庫，騰出一個角落來，將它打掃乾淨，直到砂地露出爲止。然後，再到附近的橡樹林中，找了許多西班牙苔蘚來，爲小鹿製造睡床。

喬弟抱著小鹿，把牠帶到睡覺的地方。

「你以後要聽我的話哦！因爲我是你的媽媽，在我還沒有帶你回去以前，你要乖乖地在這兒睡覺。」

午餐時，喬弟端稀飯和牛奶到爸爸的房間裏去，爸爸對他說道：「你的嬰兒乖不乖？你打算給牠取什麼名字啊？」

「我不知道，不過我想爲牠取一個響亮的名字。」喬弟說。

和媽媽一起進來察看情況的巴克說道：「喬弟，我有個建議，等你去看佛達溫格的時候，你可以請佛達溫格幫你替小鹿取個名字。他在這一方面可是做得很好的哦！」

喬弟拿著食物，到小倉庫去了。他躺在小鹿的身邊，把一隻手掛在牠的脖子上，心想：我再也不寂寞了。

第二部

為小鹿取名字的人

喬弟爲了照顧小鹿，花了很多時間。不管他去到哪裏，小鹿都會跟著他。即使是到堆柴場去，小鹿也會緊緊地跟著他，使他無法專心地劈柴。

擠牛奶是喬弟的工作，如果不把小鹿關在牛屋門外，就無法好好地擠牛奶。這時，小鹿會從柵欄的縫隙中往裏面張望，而且不停地叫著，直到喬弟的工作結束爲止。

小鹿漸漸地長大了，小小的腳已經能夠站直，開始跳躍不已。喬弟常和牠一起跑跳，最後累得兩人一起躺在地上休息。

巴克的工作表現非常好，在這裏工作的一週內，不論是玉米、藤豆或甘薯，都種得欣欣向榮，而且也爲新的菜園做好了犁田工作，還砍下了要當成柴火用的樹木。

爸爸的情況並沒有好轉，雖然因毒素而造成的腫脹已經消失了，但是只要做一些較費力的工作，就會想吐，心臟跳動加劇，必須要躺下來休息才行。

有一天，吃完晚餐以後，巴克說道：「我必須要回家了。」

喬弟很惋惜地說道：「為甚麼那麼快就要回去呢？」

巴克以低沉的聲音說道：「我非常掛念佛達溫格，他的病一定還沒好。」

「可是，其他人應會來通知你啊！」

「話是這麼說，但是大家也知道你的父親身體不好，而我要留在這裏幫忙，因此，即使佛達溫格還沒有好，他們也一定不會來通知我的。」

喬弟覺得非常難過。

這時，話題轉到打獵的事情上，爸爸突然想起甚麼似地問道：「對了，當時我用來交換槍的雜種狗怎麼樣了呢？」

巴克抿著嘴角說道：「那隻狗真是非常可惡，雷姆實在受不了，就把牠殺了，趁著黑夜裏就埋到墓場去了。」

爸爸笑著說道：「真是對不起，對於其他事情我不記得了，希望你們也忘了這件事吧！」

「我們還好，可是雷姆卻另當別論，這傢伙只會原諒自己而已。」

巴克回去以後的接下來兩個星期，喬弟做了很多事情。大致上，爸爸已經恢復了健康，但是經常還是會頭暈目眩，呼吸困難。

不過，爸爸能夠站起來，真是一件令人高興的事。喬弟盡可能努力工作，不讓爸爸做事。

有小鹿陪伴在側，真是很快樂的一件事。以前，自己一個人覺得非常寂寞，現在再也不會發生這樣的情形了。因此，媽媽也願意對小鹿多作忍耐。

小鹿的確爲媽媽增添了許多困擾。有一天，牠跑到家裏去，看到剛揉好的玉米麵粉，就把它全部吃光了。而且，不管是葉子或餅乾碎屑，也全部吃進肚子裏。

因此，在吃飯的時候，一定要把小鹿關在小倉庫裏才行。如果讓牠進到屋子裏，牠一看到大家在用餐盤，就會用頭猛撞，直到餐盤都掉落在地上爲止。喬弟和爸爸看到這種情形就會大笑，而小鹿也很得意地在那兒搖著頭。

媽媽不斷地忍耐小鹿，但是並不會感到很高興。喬弟經常對媽媽訴說小鹿的好處。

「媽媽，牠的眼睛非常漂亮呢！」

「漂亮到可以看穿玉米粉的盆子。」

「可是，牠看起來像個傻瓜一樣，擁有可愛的尾巴呢！」

「鹿的尾巴都是這樣的。」

「但是，牠像傻瓜一樣地可愛。」

「牠的確像個傻瓜。」

有一天，喬弟請求爸爸讓他到福雷斯塔的家去，因爲，他想讓福雷斯塔的么兒佛達溫格爲小鹿命名。

喬弟帶著小鹿出門了。來到福雷斯塔的庭院時，沒有看到任何人。他想，大家一定是在睡午覺，於是叫道：「佛達溫格，是我！是喬弟。」

巴克出現在門口，低頭看著喬弟，用手抹一抹嘴，眼睛好像甚麼都看不到似地，非常空洞。喬弟認爲巴克很可能喝醉了。

「我是來看佛達溫格的。」

「他死了。」

喬弟似乎無法立刻了解這句話的意思，但是後來覺得身體直發涼，好像變得痲痺了，而重複說道：「我想來看他。」

「你來得太晚了。如果有時間，我會去叫你來的，只是連叫醫生的時間都沒有。先前還在呼吸著，但是後來呼吸就停止了，就像蠟燭的燭火突然被吹熄一樣。進來吧！我讓你見見他。」

喬弟跟在巴克身後，走進屋子裏。福雷斯塔家的人都圍在那兒坐著，動也不動地沉默不語。巴克牽著喬弟的手，帶他到大寢室去。

佛達溫格閉著眼睛躺在那兒，小小的軀體在偌大的床上，手臂交叉著放在胸前。喬弟的身體不自覺地顫抖著。

福雷斯塔家的媽媽以圍巾掩面，坐在床邊。她突然說道：「我的兒子死了，可憐生病的小孩，神把他帶走了。」

喬弟想要躲避開來，深怕看到躺在床上骨瘦如柴的臉。他是佛達溫格，但是已經不是佛達溫格了。

巴克說：「他已經不能說話了，但是你可以對他說話。」

喬弟小聲地說道：「喂！」

喬弟突然覺得不再畏懼，心中反而充滿了哀傷，喉嚨好像被甚麼東西堵塞似地，哽咽不已。喬弟回過頭，難過地把頭埋在巴克胸前。

喬弟一直留到吃晚餐的時候，大家都沉默不語。福雷斯塔家的媽媽看了喬弟的盤子問道：「你不吃麵包，也不喝牛奶，是不是不舒服呀？」

「我要給小鹿吃，我經常會把剩下來的東西給牠吃。」

「你真可愛。」

媽媽又哭了起來。

「那孩子真的很想看你的小鹿，每一次都在說：『喬弟有了弟弟了。』」

喬弟傷心得哽咽不已。

「我來這兒也是爲了這緣故，我希望佛達溫格爲小鹿命名。」

「那孩子已經爲小鹿取好名字了，當他最後一次談到小鹿的時候，他說：『小鹿的尾巴非常可愛，好像小小的白旗一樣。如果我有一隻小鹿，看到牠那像旗子一樣的尾巴，我要爲牠命名爲福萊格。』」

喬弟喃喃地重複道：「福萊格。」然後，「哇」地哭了起來。佛達溫格仍然想到喬弟，並爲牠的小鹿命名。喬弟心中悲喜交集。

「我去餵福萊格吃東西。」

喬弟拿著麵包和牛奶走到屋外，叫著小鹿說道：「到這裏來，福萊格。」小鹿來到他身邊，好像在很久以前就知道牠的名字似地。喬弟餵牠吃麵包和牛奶，然後再回到屋子裏，小鹿也跟了過來。

喬弟詢問這一家人：「福萊格可以進來嗎？」

「當然可以，讓牠進來吧！」

福雷斯塔的爸爸這麼說：「今晚，你就待在那孩子身邊吧！那孩子一定會很高興的。明天早上埋葬那孩子時，如果你不在，他一定會很悲傷，因爲除了你以外，他再也沒有其他朋友。」

喬弟暫時不去想爸爸媽媽，決定暫時留在這兒。

晚上十點鐘左右，中庭傳來了馬的嘶鳴聲。原來是爸爸騎著凱薩來了。

福雷斯塔家的爸爸站了起來，朝喬弟的爸爸走去，爸爸環視著大家慘淡的臉色問道：

「那孩子去世了嗎？」

「去世了。」

「我想大概是這樣。喬弟沒有回來，我就知道可能是這樣了。」

爸爸把手搭在福雷斯塔家爸爸的身上說道：「我能瞭解你的心情。」

第二天早上，當喬弟醒時，發現佛達溫格的床上已經空了。屋子裏沒有人在，走到屋外，看見爸爸正用釘子釘新棺木。福雷斯塔家的人都站在一旁，福雷斯塔家的媽媽正在哭泣著。

爸爸釘下了最後一個釘子時，巴克說道：「我一個人來扛。」

說完，就把棺木扛在肩上，其他的人則跟在巴克身後。

行列緩緩地前進，來到一棵橡樹下。這時，福雷斯塔家的爸爸站在那兒，剛挖好的洞穴只有一個小小的坑，洞的四周堆滿了黑色的土。

巴克放下了棺木，將它放在洞穴中。喬弟的爸爸催促似地說道：「讓爸爸先撒下第一把泥土吧！」

福雷斯塔家的爸爸拿起鐵鏟，把土撒在棺木上，再把鐵鏟交給巴克。巴克在棺木上撒了兩、三次土，再把鐵鏟陸續地交到其他人手中，最後留下一小堆土。

喬弟用手代替鐵鏟，掏起一把泥土，撒在棺木上。

福雷斯塔家的爸爸說道：「馬克斯塔先生，你是牧師的兒子，請你爲我的兒子說一些話，我會很感謝你的。」

爸爸走到墓前，舉頭望著天空說道：「啊！神啊！這可憐的孩子與生俱來就沒有自由的身體，但是祢卻給那孩子補償，讓他與動物親近，給予他智慧和體貼。現在，祢把這孩子帶回去了，想必祢會讓他那彎曲的手腳和背都變得平直吧！如果祢這麼做，我們一定會感到喜悅的，阿門！」

大風暴

八月的氣候十分酷熱，但是爸爸看到田裏的收成，覺得十分高興。原本行蹤不明的豬隻都回來了。而且，這當中還有一隻年幼的種豬。看這些豬原有主人的記號，全都從福雷斯塔家改爲巴克斯塔家了，爸爸看了以後說道：「這是福雷斯塔家的種豬，看記號就知道了。」

小鹿福萊格長得更大了，而且也長了智慧。現在，牠知道如何拉開家門的掛鉤，不論晝夜都會跑進家裏，因此只好把牠關在小倉庫裏。

有時候，牠會跳到喬弟的床上，會在家裏面團團轉，最後把枕頭都弄破了。好幾天以來，都會看到彈簧碎片。

九月剛開始的這一個星期，天氣仍然非常乾燥，地面一片乾旱。爸爸心裏感到非常擔憂。

有一天晚上，當月亮上昇時，爸爸把媽媽和喬弟都叫來，很高興地說道：「最近一定會下雨。如果新月是橫躺著的，就不會下雨，但是今天的月亮卻直直地站在那兒呢！」

爸爸果真是說中了，到了三號時，四處都充滿了雨即將來臨的前兆。在河川中，鱷魚和青蛙都不斷地在鳴叫著。

到了第四天，看到一群白色的海鳥從頭頂上掠過。爸爸心裏七上八下地說道：「這些海鳥從來不曾離開過佛羅里達，一定是天氣就要轉壞了，我說的話絕對錯不了。」

這一天，到了黃昏時分，大家都覺得很不舒服，因爲夕陽看起來不是紅色，而是綠色的。爸爸搖搖頭說道：「非常不妙，這可不是很好的顏色。」

到了晚上時，颳起了強風，吹得門都吱吱作響。小鹿福萊格被帶到喬弟的房中，好像很膽怯似地用鼻子摩擦喬弟的臉。喬弟把小鹿放在床上。

早上的天空十分晴朗，但是東方卻呈現一片帶血的紅色。

過了中午以後，天空變得一片黑暗，雞全都回到雞窩中。爸爸對喬弟說：「趕快去撿雞蛋，否則會被暴風雨吹走。」

只是下午時分，天色看起來卻已近黃昏。在昏暗的天空下，喬弟在庭園各處撿雞蛋時，突然遠處響起了巨響，那聲音就像是森林中的熊聚集在一起吼叫一般。

原來那是風的聲音，風剛剛掠過玉米田，吹動庭院的樹木，接著又下起雨來。

這是一場可怕的傾盆大雨，有如由天空朝地面撞擊一般，喬弟幾乎要被雨打得撞到了牆壁。他蹣跚地站了起來，嘴巴、眼睛和耳朵都灌進了雨水，連呼吸都很困難。

小鹿福萊格發抖地等待著他，牠的尾巴都濕了，耳朵也垂了下來。

喬弟帶著福萊格回到家中，甩掉遮住眼睛的雨水，同時也爲福萊格擦乾眼睛。

爸爸說道：「唉！接連三天都會颳起東北風，真是太快了！不過，在這種乾旱季節，通常會這麼快就來臨的。」

「爸爸，你怎麼知道會持續颳三天風呢？」

「我也不知道其中的原因。總之，九月剛開始颳的暴風雨，接下來就會有連續三天的東北風，這是一般的情形。」

雨不停地敲打著屋頂，風咻咻地掠過長廊。有時候，爸爸會隔著窗戶看外面景象。

「這場雨連青蛙都會被淹死。」

這一天夜裏，喬弟讓福萊格睡在身邊，由於風整夜都颳著窗戶，因此根本無法熟睡。暴風雨到第二天仍然持續著。雨打在木板上的聲音真是震耳欲聾，風不斷地吹著長廊。爸爸說道：「也許，會暫時停止一下吧！」

但是，這一次爸爸沒說中，風雨在似乎緩和的時候，又颳起強風暴雨了。

到了第三天的早上，雨仍然不停地下著，風也不停地颳著。爸爸說道：

「我想，今天早上就會停止了吧！因爲這是會連續颳三天的東北風，但是雨還是不停地下著，希望太陽會很快出來。」

但是，太陽並沒有露面。過了中午以後，雖然風向已經改變，然而雨依然滂沱不停地下著。

爸爸很失望說道：「這還是我頭一次見到。現在恐怕玉米田都已經遭到破壞，乾草和甘蔗多半無一倖免。」

到了第五天、第六天、第七天，風雨還是沒有停。傍晚時分，爸爸到甘薯田去看了一下，同時也挖一點芋頭回來，但是已經腐爛，不能吃了。

「如果風雨到明天早上還不停，那麼再做任何補救也沒有用了，只好等死了。」

喬弟從來沒有聽過爸爸說這麼沮喪的話，全身不禁打了個寒顫。小鹿福萊格由於食物不足，身上的花斑和背骨看起來十分明顯，身體顯著地瘦下來了。

到了第八天早上，四周的情況與先前完全不同。暴風雨終於停止了，四周變得寂靜無聲。灰茫茫的天邊，透出有如石榴花一般紅色的光芒。

爸爸打開了門窗說道：「我到外面去看一看情形如何，不管怎麼樣，總要去看一看。」

在這世界上，剩下的只有感恩了。」

茱利亞和立普跟著爸爸一起離去，喬弟也帶著福萊格走了出來。

媽媽看到田裏的情況，不禁悲從中來，到處全成爲水鄉澤國，災情慘重。但是，正如爸爸平日所說的，這麼小的世界對巴克斯塔家而言，卻是唯一的棲身之所。

洪水地獄

暴風雨後的第二天，福雷斯塔的巴克和米爾賀依魯騎著馬，來到了巴克斯塔家的「島」，似乎是前來觀察巴克斯塔家的情況。

「沿途的景況都非常悲慘，所有的生物都被水淹沒了。」

聽到兩人所說的話，爸爸說道：「怎麼樣？是你們兩人再加上我和喬弟共四人，一起在這裏唉聲嘆氣，還是去察看野獸的動態呢？」

「我們一起去察看吧！」

巴克和米爾賀依魯帶著兩隻狗和一頭馬，喬弟和爸爸則帶著立普和茱利亞。

喬弟很高興地問道：「可以不可以帶福萊格一起去呢？」

爸爸堅決地搖頭，說道：「這一次不是出去玩。我之所以要帶你去，就是希望你記住許多事情。如果你想去玩，就待在家裏好了。」

喬弟沮喪地低下了頭，然後默默地把福萊格關進了小倉庫裏。

「你乖乖地待在這兒，等我回來以後，我會把看到的事情全部告訴你。」

一行人打算從巴克斯塔家的「島」走到福雷斯塔家的「島」，沿著四周四處察看。在太陽下山的時候，就地露營。

爸爸的背包裏放著煎鍋、鹽、油瓶，等到準備好了以後，大家朝著東南方的「銀谷」前進。

險陡的下坡處積滿了水，平坦的砂道如今看起來像山谷一樣，水裏浮著臭鼬和松鼠的屍體。快走到「銀谷」時，大家不禁停下馬來，面面相覷。

「這一次真是災情慘重呀！」

「沒想到會是這個樣子。」

河水氾濫成災，所到之處全是洪水後滿目瘡痍的景象，情況真教人不忍卒睹，四處漂著動物的屍體，還可以看到死去的蛇，很可能連洞穴都被淹沒了。

小鹿挺著脹鼓鼓的肚子在水裏，喬弟的心噗通噗咚地跳著。（如果福萊格沒有被養在家裏，很可能會這樣死去也說不定！）

一行人已經無法再朝東走了，於是沿著水濱朝北前進。前面的沼地變成了水池，平地變成沼地，只有較高的樹林沒有受到洪水的危害。

進入樹林中，可以發現每一棵樹都被飛禽佔據著。一行人通過此地時，一點也不害怕。有一隻鹿望向他們，牠似乎已經受傷，以致無法動彈，巴克舉起槍來將牠獵殺了。

許多山貓棲息在樹叢中，這些動物如果置之不理，很可能會吃掉所有有用的東西。於是，大家一舉射殺了六隻山貓。

一行人繼續前進，到了將近黃昏時，陽光強烈地照射著，從潮濕的土和水中蒸發著逼人的熱氣，如腐臭一般的味道漸漸瀰漫在四周。喬弟覺得很不舒服。

到了黃昏時分，來到了橡樹圍繞著的「島」。一行人決定在這兒露營。

要露營必須要先做好各種準備，首先就是要先引火。於是，看到了島下的松樹，就地取材將之剝爲兩半，然後再折下小樹枝引火。剛開始時，無法引起火來，但是漸漸地就逐漸冒煙了。

接著，開始做晚餐。爸爸割下鹿的腰肉，把它切成小塊。米爾賀依魯找了一些大片的棕櫚葉來當餐盤，並且切下了兩條棕櫚心，剝了皮炸來吃。

做好了晚餐，大家圍坐著，以棕櫚葉當盤吃了起來。巴克似乎覺得晚餐十分美味，滿嘴塞著食物邊說道：「如果到天堂去也有這麼可口的食物，即使死了我也會覺得很高興。」

米爾賀依魯也說道：「在森林中吃起食物來，也會覺得很美味。」

爸爸和喬弟也這麼想。

用完晚餐以後，接著就整理睡覺的地方。大家都很高興地切下樹枝來，當成舖床的用具。喬弟也把帶著樹葉的小松樹枝鋪在地上，然後再收集一些苔蘚鋪在上面。大家都擠到火堆邊睡覺。

在火堆旁，茱利亞趴在爸爸的腳下。喬弟心想，如果福萊格也在這裏，那自己就可以撫摸牠那柔軟而溫暖的毛皮，該有多好啊！

喬弟雙手枕在頭下，仰望天空。天空下，星光閃爍著，就好像銀色的鱒魚在池裏游泳一般。

一邊看著天空，一邊聽大人們談話，漸漸地覺得談話的聲音愈來愈遠了，終於跌入睡夢中。

天亮了！喬弟醒來時，發現太陽高掛在空中，他仍然躺在地上看著四周的景物。不知不覺地，晨霧已經散去了。

爸爸叫喚著喬弟：「趕快去洗臉，洗手。」

但是，靠近水邊時，撲鼻而來的是難聞的氣味。實在無法用這種水來洗臉。

用過早餐以後，收拾了露營的用具以後，便騎馬朝著南邊出發了。

大清早的天氣十分涼快，但是到了艷陽高照時，變得十分燠熱。由地面引起來的騰騰熱氣帶有水的腐臭味，令人覺得想吐。走在前頭的父親回頭說道：「動物們喝這腐臭的水，恐怕也會生病呢！」

穿過黃楊草原附近，原來是沼地的地方變成了水池。大家覺得好像是到了陌生的地方一樣，在一個星期以前還是陸地，現在竟然有魚從水中跳出來。

而且，在這兒發現到了以往很少看到蹤影的無數隻熊，拼命地在那兒撈魚。不知道是沒有察覺到人和馬接近，或是根本不在意，頭也不回地只是看著眼前彈跳的魚。

爸爸叫道：「啊呀！是鯔魚呢！」

鯔魚是棲息在海中的魚。「松木河」會流入喬治湖，可能在漲潮的時候，水中滲入了一些鹽氣，因此鯔魚才會由海中游了過來。

爸爸說道：「事情已經十分清楚了，喬治湖的水竟然能夠漲到松木河來，草原一定全都被河水淹沒了，所以才會有鯔魚。」

巴克說道：「那麼，就把這草原命名爲『鯔魚原』好了。但是，從來沒有看過這麼多的熊——」

米爾賀依魯說道：

「這裏可以說是熊的天國，到底我們要殺掉幾隻呢？」

試著用槍瞄準目標時，爸爸說：「不要隨便亂殺熊，這裏有很多隻熊，我只要一頭就夠了。喬弟，你想要獵熊嗎？」

「嗯，我想要獵熊。」

「好——那麼，大家散開來獵熊，如果一次不中，再射第二次吧！喬弟射三次也不要緊。喬弟，你就射那隻吧！」

爸爸把最接近的一條熊分給喬弟，那是一隻身材龐大的熊。

爸爸又說道：「喬弟，馬稍微靠向左邊一點，槍對準那傢伙的臉頰。下達訊號以後，大家就射擊吧！」

巴克和米爾賀依魯也開始找尋獵物，爸爸把手舉了起來，大家停止了動作。喬弟的身體有點發抖，肩上雖然架著槍，卻無法瞄準目標。

爸爸很快地把手放了下來，大家一起發射。巴克和米爾賀依魯立刻連續發射了兩槍。

喬弟根本不記得自己在何時扣了扳機。但是，先前在眼前五十公尺處站立的黑色龐大身軀，竟然掉入了水中。

爸爸叫道：「喬弟，射得太好了！」

然後，騎馬跑了過去。

其餘的熊連忙涉水經沼地的方向逃走了。

三個人的頭一發子彈都射中了熊，熊應聲倒了下去。但是，巴克和米爾賀依魯的第二發子彈只讓熊受了傷而已，於是兩人靠近獵物，割斷他們的咽喉。

巴克一邊拖著獵物，一邊說道：「我從來沒有想過，竟然是把熊從水裏拖上來。」

喬弟一直看著被自己幹掉的獵物，似乎不相信自己能夠殺掉熊。這麼大的熊在巴克斯塔家可以吃上兩個星期，而喬弟竟然親自殺了熊！

一行人拿著獵物，準備各自回家了。巴克和米爾賀依魯揮揮手向他們告別。

喬弟很想再打獵，但是一看到巴克斯塔家的「島」時，感到非常興奮。因爲小鹿福萊格正在家裏等著他。

惡作劇

巴克斯塔家忙碌地準備過冬。留下了種豬和小豬，共殺了八頭豬，做了火腿、香腸、培根和豬油等。另外，用滾輪把甘蔗榨成汁。喬弟花了好幾天的時間，把收成的玉米磨成粉。

喬弟把玉米磨成粉的時候，小鹿福萊格會在旁邊看著，後來覺得很無聊，獨自一人不知道跑到那兒去了。福萊格近來變得更加大膽了，經常會跑到森林裏去，過了一個多小時都不回來。

現在，喬弟已經無法把牠關在小倉庫裏，因爲牠學會了踢掉鬆的木板牆。

喬弟非常瞭解福萊格的心情。福萊格漸漸長大以後，當然會想要探索自己身邊的世界。然而，有一天黃昏，福萊格卻闖下了大禍。

自家後院的陽台，堆放著要晒乾的甘薯。正在大家都忙著工作的時候，福萊格跑到那兒去了。

福萊格用頭猛頂著甘薯山，甘薯滾了下來，甘薯滾下來的唏哩嘩啦聲和盛況挑起了福萊格好玩的心理。於是，福萊格更加用力地撞甘薯山，弄得整個庭院全都是甘薯。

福萊格進而用銳利的蹄子踩踏甘薯，甘薯散發出陣陣的香味，因此福萊格開始咬甘薯，牠發覺甘薯非常好吃，因此把甘薯都咬壞了。

等到媽媽發現的時候，已經來不及了。甘薯已經遭到很大的損害。媽媽拿起棕櫚葉做的掃把，像瘋子一樣地追趕福萊格。喬弟平常追趕著福萊格來玩，因此認爲媽媽也正在逗著福萊格玩，福萊格繞到媽媽的身後，用頭去撞媽媽肥胖的臀部。

喬弟磨完粉回來一看，發現大事不妙，連爸爸都和媽媽站在同一陣線上，對喬弟生氣。畢竟，這件事情不是三言兩語就可以解決得了的。喬弟從來沒有見過爸爸臉上這麼嚴肅的表情，因此難過得獨自一人偷偷地流著眼淚。

「福萊格不知道自己做錯了事啊！」

爸爸說道：「喬弟，雖然如此，甘薯卻受到了很大的損害，這就好像故意在做一樣。來年要吃的食物已經不夠了。」

「那麼，我就忍著不吃甘薯好了。」

「沒有人說你不可以吃甘薯。但是，你必須看著這個喜歡惡作劇的傢伙。既然是你要養的，你就必須好好地看著牠，這是你的責任。」

「我要看著牠，同時又要把玉米磨成粉，我無法同時做兩件事啊！」

「那麼，沒有辦法看著牠的時候，就把牠關在小倉庫裏好了。」

「可是，牠不喜歡那個黑黑的小屋啊！」

「那就圍個柵欄好了。」

第二天早上，天還沒亮的時候，喬弟就在中庭的角落開始圍起柵欄來，乘著工作的空檔也繼續趕工，到了晚上終於好了。第三天，把福萊格牽出來，趕入柵欄裏。福萊格不斷地踢著，掙扎著，無法忍耐。

然後，牠越過橫木，在喬弟還沒有到達家以前，就追了過來。

喬弟的淚水有如決堤般的流了出來，爸爸安慰他道：「不要擔心，再想想看有沒有其他的好辦法，一定要好好地保護甘薯才行。把你那搖搖欲墜的柵欄拆掉吧！可以做成保護甘薯的小屋，就像把雞圍起來的小屋一樣，兩邊用木板做成山形。我做給你看吧！」

喬弟用袖口擦了擦流到鼻子的淚水，說道：「爸爸，謝謝你。」

爸爸靜靜地說道：「任何事都必須警戒留神才行。首先，你要注意到的就是必須好好保護食物——尤其在收成以後。」

飢餓的狼

到了十一月末時，下了一場很嚴重的初霜。家北邊盡頭的胡桃樹葉變得像奶油一樣黃，楓葉變成了紅黃色，橡樹林呈現一片火紅的景象。

夜晚時分變得十分冷，巴克斯塔家也引起爐火來。圍在火爐旁閒話家常，實在是一件很快樂的事情。

後來，爸爸無精打采地說道：「要在這兒睡呢?或是上床去睡呢？」

這時，狗開始吠了，並且從地板上跳了起來。接著，傳來小牛的哀嚎聲，夾雜著恐懼和痛哭的叫聲。原以爲還會繼續叫著，沒想到霎時就停止了。爸爸連忙跑到廚房去，把槍拿出來說道：「帶著火把。」

喬弟也拿著槍追趕著爸爸，媽媽手拿著火把慢吞吞地跟著。喬弟越過牛小屋的柵欄。媽媽並沒有馬上跟上來，因此甚麼都看不清楚。只聽到吵雜的聲音、呻吟聲，以及牙齒打顫的聲音。

這時，聽到爸爸在那兒叫嚷著：「幹掉牠，茱利亞、咬牠，立普。快把火拿來呀！」

喬弟連忙跑回媽媽身旁，拿了火把再跑回牛小屋。手上一直拿著火把。

狼侵入了牛小屋，殺了小牛。三、四十隻狼不斷地在牛圈中繞著，二隻成一組，眼露凶光，牠們全都很瘦，毛皮也破爛不堪，牙就像魚骨一樣泛白，散發出懾人的光芒。

媽媽在柵欄的另一邊叫著，後來喬弟也發現自己在叫嚷著。

爸爸連續發射了兩次，狼有如灰色波浪一般地掉頭鼠竄，立普追趕在後，爸爸也追了上去。喬弟也拿著火把跟著。後來，想起了自己另一隻手還拿著槍，連忙交給爸爸。爸爸接過槍來立即發射，狼消失了蹤影。

爸爸回到了牛小屋，從喬弟手中拿過了火把，照亮四周。發現正中央躺著小牛的屍體，而旁邊有茱利亞正咬著瘦弱的狼的喉嚨。狼已經死了，露在毛皮外的肌膚，已經長了皮癬（會傳染的皮膚病）。茱利亞聽從爸爸的吩咐，鬆開了口。

爸爸拖著小牛的腳往家裏走去，媽媽以顫抖的聲音說道：「好可怕啊！是不是熊又來了？」

爸爸說道：「是狼。」

「啊呀！小牛被殺了，這是怎麼回事呢？」

爸爸想了一想，說道：「明天我打算到福雷斯塔家去，請求他們幫忙。雖然我的狗表現得很不錯，但是當一個身材龐大的女人、矮小的男子和小男孩遇到飢餓的狼在這兒徘徊時，就會不知道該如何是好。」

大家心情鬱悶地各自就寢。喬弟在臨睡之前，檢查窗戶是否已經關好了。

本來福萊格和喬弟一起睡在床上，但是每當喬弟為福萊格蓋好被子的時候，福萊格就會把被子踢開。

喬弟在無計可施的情況下，只好把牠趕到床下，牠似乎很高興地獨自睡覺。喬弟晚上醒來了兩次，伸手摸索著看福萊格是不是還睡在那兒。

如果福萊格像小牛一樣，遭遇到悲慘的下場，該怎麼辦呢？喬弟心裏覺得十分害怕，原本認爲像城池一般的家，沒想到並不安全。

大清早，爸爸就到福雷斯塔家去了，在晚餐前回來，爸爸表情嚴肅地說道：

「正如我所料，洪水過後，森林裏的動物全都生病了。在這其中，狼罹患的疾病最爲嚴重。到這裏來的狼，是洪水後還活著的僅存的狼。這些傢伙因爲飢餓而死，前天晚上還去攻擊福雷斯塔家的牛呢！」

喬弟熱心地問道：「我們是不是還要和福雷斯塔家的人一起去打獵呢？」

「我是這麼想，但是還沒有想出可以除去狼的好方法。我想不只是要去打獵，還應該要在我們家和福雷斯塔家周圍佈置陷阱較好。福雷斯塔家的人想要下毒除去狼，但是，我並不想用毒除去野獸，因爲有可能會使沒有罪過的生物也被毒死了，像狗就有可能被毒死。」

媽媽說道：「但是，我們必須想辦法除去狼啊！」

接近黃昏時，福雷斯塔家的三個男人來了。詳細地告知佈毒的場所，吩咐讓狗不要接近有毒的地方。爸爸知道事已至此，也無可奈何，終於點頭說道：

「很好，我會把狗拴在家裏一個星期，不讓牠們出去。」

三個人又說了一會兒話，就回去了。

爸爸對媽媽說道：「我聽說了一件很有趣的事情哦！巴克對我說，哈特奶奶的兒子奧立佛，有一陣子住在波士頓，與他交往的德葳凱也追到波士頓了。雷姆覺得很生氣，還說下次見到這兩個人的話，絕對不讓他們活下去。」

媽媽說道：「這個女孩子不好，不過，讓她和自己私奔的奧立佛也不好。」

喬弟覺得媽媽說得很對。

（真不想再和奧立佛交往了。）

十隻小熊

福雷斯塔家的人所撒下的毒，在一個星期內，殺害了三十隻狼。但是，還有十餘隻狼狡獪地逃過了這一次劫難，在附近徘徊著。

爸爸訴說著福雷斯塔家的人對他提出的要求：「一定要用槍或佈下陷阱根絕牠們才行，我要去幫助他們。」

某一天的黃昏，巴克來了。

「明天早上一大早，我們就去獵狼吧！今天早上，我們家『島』的西邊，小水塘那兒可以聽到狼的嗥叫聲。」

爸爸立刻同意了。「這一次打獵有兩個好處，如果運氣好，可以把活著的狼一網打盡，而且也可以獵到熊或鹿。」

第二天早上，喬弟被爸爸叫醒，四周都還是黑漆漆的一片。喬弟連忙起身準備。兩個人來到約定場所時，福雷斯塔家的人還沒有到。後來，終於聽到了馬蹄聲，福雷斯塔家的六個兒子都出現了。

巴克和爸爸走在最前面，其他的人排成一列尾隨在後。周圍也開始漸漸亮了起來，遠遠可以看到橡樹林的「島」。

在橡樹林對面，有野獸經常會來喝水的水塘。

終於來到能夠看到水塘的地方了。狼群還沒有來，巴克。雷姆和爸爸一起下馬，把狗拴在樹上。這時，看到東邊的天空掠過有如黃絲帶一般的光芒，在晨霧中，可以看到鹿角。

雷姆不禁架起了槍，但是隨即又放下了槍。殺掉狼才是當務之急。

米爾賀依魯喃喃自語的說道：「在這水塘附近，應該沒有殘株呀！」

話未說完，看起來像殘株的東西開始動了。喬弟瞪大了眼睛一看，看來像殘株的東西竟然是小熊，大概有十二隻左右。

霧漸漸散去，光芒逐漸散開。西北邊有東西在移動著，依稀可以看到狼群的身影，排成一列，朝著水塘而來。

爸爸輕聲說道：「在這邊沒有辦法除去那些傢伙，讓牠們靠近一些才行。」

巴克呻吟似地說道：「要不要獵殺那隻公鹿呢？」

爸爸說道：「待會兒再說吧！必須找個人從東邊繞到南邊去，穿過南邊的沼地。如果狼群覺得太過接近這地方，就會向後退，可能會退到沼地去。知道我們在這兒，牠們一定會逃到森林裡去。」

大家都很同意爸爸的說法。「就這麼辦吧！」

「還是讓喬弟去趕狼群吧！你騎馬繞到森林內，到了那邊最高的松樹下時，朝著我們這一邊跑向沼地，然後發射一槍。不要想射中狼群，只要嚇一嚇牠們就可以了，快去吧！」

喬弟輕拍著老馬凱薩的屁股，心臟好像已經不在一般的部位，快跳到喉嚨附近了。到了當成目標的松樹下時，喬弟把凱薩的頭朝右轉，用腳後跟用力地踢著馬腹，凱薩筆直地朝著沼地衝了過去，腳下水花四濺，嚇得小熊四散奔逃。

狼群在那兒不知該後退或是前進，正在迷惘時，喬弟已經架起了槍，發射子彈。狼群聚集在一起開始奔跑，似乎打算躲到樹叢裡去。

終於聽到槍陸續響起的聲音，喬弟知道自己的任務已經完成了。於是，繞到池的南邊，和大家會合。

爸爸的計策用得真好，地面上橫陳著十餘隻灰色的屍體。

爸爸突然想起甚麼似地說道：「你看那些小熊們爬在樹上，如果能活捉到牠們，把牠們送到城鎮裡，能夠賺很多錢呢！」

三隻小熊無法爬到樹上去，坐在地上像嬰兒一樣地哭了出來。爸爸把這三隻熊一起綁在大松樹下。

還有一些熊爬到低矮的樹上，輕輕一搖就掉下來了，當然也被綁了起來。只有兩隻爬到較高的樹上。喬弟是這群人中身手最敏捷的，他追趕著熊，爬到樹上。

小熊又往更高的地方爬，沿著樹枝爬去。喬弟也爬上了樹枝，如果要搖晃樹枝，把小熊搖下來，自己也很可能會掉下來。這時，爸爸砍下了橡樹樹枝，交給他。喬弟拿著樹枝戮小熊，小熊終於掉了下去。

捕獵到的熊共有十隻，巴克看著熊說道：「佛達溫格看到這些熊，一定會很高興吧！」

喬弟說道：「如果我沒有福萊格，一定也會想留一隻熊呢！」

爸爸說道：「如果你這麼做，恐怕你和小熊就糟糕了。」

大家在商量以後，決定小熊由福雷斯塔家的人送到城鎮去賣。爸爸說道：「既然已經決定好了，我和喬弟準備打道回府了。中途還想要再打獵一下。」

雷姆以懷疑的口吻問道：「你是不是打算去獵殺先前的公鹿呢？」

「你想要知道我要做甚麼，我就直接告訴你好了。我想到『松木河』去獵捕鱷魚，因爲我的長靴已經破爛不堪了，所以我要去找鱷魚皮，你應該感到安心了吧！」

雷姆並沒有回答，爸爸對巴克說道：「麻煩你把我那一份小熊也賣了，明天你會出發吧?那麼，明天請你到我家來一下，我先和太太商量一下，把想要買的東西寫下來，用賣小熊的錢來交換。」

巴克點點頭，說道：「你不會有任何損失的。」

一行人分道揚鑣，福雷斯塔家的人朝北走，巴克斯塔家的人朝南走。

不久之後，茱利亞開始追蹤動物的足跡。爸爸從馬上跳了下來，凝視著足跡。

「哦!這是新留下的公鹿的足跡，茱利亞快去追吧！」

茱利亞不斷地搖著尾吧，用鼻子嗅著地面。前進了數百公尺以後，茱利亞發出高吭的叫聲，爸爸說道：「嗯，已經接近了，一定是躲在那樹林中。」

爸爸從茱利亞身後騎著馬進入了樹林中。

茱利亞吠叫的時候，一隻公鹿嚇了一跳，從樹林中跳了出來。牠擁有長長的鹿角，是很高大的鹿，牠嚇得想要逃走，但是茱利亞卻撲上牠的頭。在公鹿對面有一隻母鹿，沒有角，柔軟的頭低垂著。

公鹿似乎爲了保護母鹿而作戰。

茱利亞不斷地攻擊公鹿的喉嚨，公鹿則用角戳著茱利亞，然後逃入樹叢中。母鹿也轉開身逃走了。

爸爸說道：「真是可憐，但是這也沒辦法。」

然後，舉起槍射向公鹿，公鹿倒了下來，腳朝空踢了兩、三下，就一動也不動了。茱利亞發出有如獵犬般勝利的叫聲。

公鹿長得又高又大，因爲吃橡樹子和棕櫚子，所以非常胖。爸爸把屍體掛在老馬凱薩的身上，牽著韁繩走在前頭。

接近家門口時，媽媽出來迎接。看到了獵物，原本緊繃的臉露出了微笑。「你們竟然獵到這麼多野獸啊！那麼，即使把我一個人放在家裡，也沒甚麼大不了的。」

後來，爸爸和媽媽商量著過冬時的必需品。

媽媽拿了紙和筆，把這些東西都寫下來。這張紙準備要交給巴克，讓他用賣小熊的錢來換這些物品。

- 為了替爸爸和喬弟做打獵服，要上等的呢絨布一匹。
- 媽媽要藍白相間的條紋棉布半匹。
- 一袋咖啡豆。
- 一袋鹽。
- 為了要做散彈，需要兩根鉛棒。
- 火藥一磅。
- 鈕釦。

・驅蟲藥一盒。

另外，還有很多雜物。

第二天早上，福雷斯塔家的人來到巴克斯塔家，然後打算把小熊送到城鎮去賣。巴克、米爾賀依魯和雷姆擁擠地坐在馬車座位上。後面的載物台上，擠滿了小熊。擁有一身發亮烏黑黑毛的小熊，不斷地在那兒擠著、叫著。

巴克看了巴克斯塔家想要購買的物品清單時，說道：「哇！要買這麼多的東西啊！如果小熊不能賣到好價錢，恐怕這些錢還不夠呢。沒關係，如果不夠，再去捉熊好了。」

巴克正準備趕馬車走時，雷姆說道：「把馬車停下來，你看那個。」

雷姆用手指一指燻製小屋牆上掛著的鹿皮。然後，從馬車上跳了下來，大跨步地走進小屋，看到掛鉤上掛著公鹿角。

雷姆慢慢地靠近爸爸，用力地揍了爸爸一拳。爸爸步履蹣跚地倒在小屋的牆邊，臉部霎時變得蒼白。

雷姆說：「你這傢伙竟敢對我說謊，這是你應得的報應。你一開始就打算去追趕那隻公鹿，對吧？」

爸爸回答道：「如果我真是這麼想，你把我打死也可以。但是，我並不希望被你揍，因為我獵到這頭公鹿根本是出乎意料之外的事。」

「還在說謊。」

爸爸不理他，對巴克說道：「巴克，我以前有沒有對你說過謊呢？應該沒有吧？當我帶雜種狗去和你們交換的時候，也不曾欺騙你們或說謊。」

巴克說道：「你說得對，別太在意雷姆這傢伙。」然後，用低沉的聲音說道：「對不起，雷姆這傢伙自從奧立佛把他喜歡的女孩帶走以後，就變成這個樣子了。就好像公鹿找不到母鹿時的樣子。不過，你放心，關於賣小熊和買東西的事交給我來辦，就可以安心了。」

福雷斯塔家的人乘著馬車離去了。媽媽目送著他們，對爸爸說道：「雷姆這麼對待你，爲甚麼你不教訓雷姆呢？」

爸爸很無可奈何地說：「當一個人不明事理的時候，即使理他也無法發揮作用。我只希望和平地過生活。」

聖誕節的準備

巴克把小熊帶到城鎮去，賣得了很好的價錢。因此，買了爸爸托他買的東西來，並且也用袋子裝了找回的銀幣和銅幣交給爸爸。

但是，因為雷姆揍了爸爸，因此兩家之間有了裂縫。福雷斯塔家的男子即使騎馬經過巴克斯塔家前，也不會停下腳步來。

爸爸似乎覺得很寂寞似地說道：「一定是雷姆那傢伙說服了大家，說我先前並不打算去獵鹿，是欺騙他們的話，讓他們覺得被騙了。」

和森林中唯一的鄰居相處得不融洽，實在是很悲傷的事。

收成已經告一段落，現在是空閒的時刻。喬弟經常和福萊格一起玩，福萊格長得非常大。有一天，他突然發現牠毛皮上的淡色花斑消失了，那是小鹿的記號。

聖誕節即將來臨了，喬弟在森林中發現了紅色的樹木果實，充滿著光澤，好像打火石一般硬。喬弟從媽媽的針線盒中拿出針線來，把果實串成項鍊。雖然穿得不好，但是在完成以後，看起來非常漂亮。喬弟把它藏在寢室的角落裡。

巴克斯塔家爲了迎接聖誕節的來臨，要到城鎮去購物。媽媽說道：

「我打算買四碼羊駝呢，做聖誕節時穿的漂亮衣服。」

爸爸說道：「我知道，每當我看到妳穿破爛的衣服，就覺得很對不起妳，真希望能爲妳買一匹絲綢。」

三天以後，巴克斯塔家一家三口到城鎮一起去購物。爸爸帶著鹿肉和鹿皮，媽媽則帶著一籃雞蛋和一些奶油，打算到城鎮去賣。另外一個籠子裡，裝的是要送給哈特奶奶的禮物。

來到城鎮以後，到了波魯茲的店中，把要賣的東西陳列在櫃檯上。

老板波魯茲秤了秤肉的重量，然後，再檢查鹿皮。

「這很棒哦！可以賣五美元。」

這真是出乎意料之外的好價錢，媽媽雀躍地走至陳列著布匹的櫃檯前。

「我想要茶色的羊駝呢！」

波魯茲說道：「已經賣完了，妳看這黑色的羊駝呢怎麼樣呢？」

媽媽摸了一下，問道，「好漂亮啊！多少錢？啊！好貴哦——」

媽媽問了價錢以後，就放棄了。然後，先行一步朝哈特奶奶家走去，爸爸則對波魯茲說道：「原本我是打算用鹿皮來和你換現金的，但是，如果你換一匹黑色羊駝呢給我，我就不會發牢騷了。」

波魯茲老大不願意地說道：「要是別人的話，我才不會做這種交易呢！但是，我和你是老主顧了，就這麼決定吧！」

於是，拿起剪刀來，喀嚓喀嚓地剪下羊駝呢。

當爸爸和喬弟到達哈特奶奶家時，看到媽媽正在和哈特奶奶說話。她們二人似乎話並不投機，感覺上氣氛並不和諧。

媽媽問道：「奧立佛帶著那黃頭髮的女孩逃走了，妳有甚麼想法呢？」

老奶奶回答道：「奧立佛非常慷慨大方，是個男子漢，經常都會被女孩子追。德葳凱不是個壞女孩，以前從來沒有享受過快樂，她被奧立佛迷住了，當然會去追隨奧立佛。真可憐哪！那女孩是個孤兒呢！」

老奶奶回頭對爸爸和喬弟說道：「飯菜都做好了，你們這些從森林來的人如果不吃得飽飽地，我會很不高興哦！」

復仇

聖誕節來臨的前一週，特莉克西生下了小牛。這小牛是一頭母牛，大家都感到很高興。

被狼殺掉的小牛終於有後，特莉克西的年紀也已經大了，代替牠的母牛必須要趕緊長大才行。

在聖誕節的前五天，媽媽烤好了聖誕蛋糕，是非常大的蛋糕。

蛋糕烤好的這一天晚上，爸爸送給媽媽黑色的羊駝呢布。媽媽一邊看看爸爸，一邊看看布匹，突然「哇」地哭了出來，好像很悲傷似地。

喬弟嚇了一跳，心想：也許媽媽並不是喜歡爸爸送的禮物吧！但是，爸爸卻走到媽媽身邊，用手撫摸她的頭髮，很體貼地說道：「雖然以前我從來沒有對妳做過這樣的事情，但是，我並不是不打算這麼做。」

後來，喬弟終於明白媽媽是因爲高興而哭的。媽媽擦了擦眼淚，把黑色的羊駝呢放在膝蓋上，不停地撫摸著。

第二天，喬弟再次檢視自己所做的紅色樹木果實項鍊。

（媽媽穿著黑色的羊駝呢衣服，再配上這紅色項鍊，一定會很漂亮。）

但是，究竟要送甚麼東西給爸爸呢？想了很久以後，終於決定用玉米莖做個煙斗送給爸爸。

這一天晚上，沒有任何聲音。但是，到了早上，爸爸到牛欄一看，卻發現小牛不在了。再到柔軟的砂地去檢查，看到大熊斯爾福特的腳印清楚地留在那兒。

爸爸非常失望，氣急敗壞地回到家中。

「我已經無法忍耐了，不管牠到哪裡去，我一定要追上牠，看這一次是我贏還是那傢伙贏。」

喬弟擔心地問道：「爸爸，我也可以一起去嗎？」

「只要你不發牢騷的話，就跟來吧！我會一直追趕到晚上才休息。」

「可以帶福萊格一起去嗎？」

「要帶誰去都可以，總之不可以發牢騷，因爲這一次的旅程會很辛苦。」

爸爸做好了準備，帶著茱利亞先行出發了。喬弟把福萊格叫來，追上了爸爸和茱利亞，也一起出發了。

福萊格不斷地聞著新腳印的味道，朝西走了將近兩公里，發現了小牛的屍體。屍體被咬得相當嚴重，用乾樹葉蓋著。爸爸說道：「這傢伙一定走得不遠，打算回來再吃呢！」

但是，斯爾福特的足跡一直綿延下去，爸爸不斷地追趕。到了中午時，必須要休息一下了。

一直追到傍晚爲止，還是沒有追上斯爾福特，爸爸打算先回去家再說。

「爸爸，你累嗎？」

當喬弟這麼問時，爸爸說道：

「我氣成這個樣子，還會累嗎？」

第二天早上，喬弟很早就醒來。

爸爸一邊準備出發，一邊說道：「喬弟，你早。今天你還有力氣和我一起出門嗎？」

喬弟點點頭，爸爸很欣慰似地說道：「那要多努力噢！」

媽媽憂心忡忡地問道：「爸爸——明天是聖誕夜呢。」

「這也是沒辦法的事，我必須要去追趕斯爾福特。」

爸爸看著媽媽頹喪的表情說道：「明天如果我們來不及回來，妳就先坐馬車出去好了。我們會追上妳的。」

媽媽的眼眶中充滿了淚水，但是卻甚麼也沒說，把食物塞進背袋中。

爸爸和喬弟一直朝北前進。斯爾福特在昨天留下的足跡仍清晰可見。福萊格跳進了樹林中，喬弟一邊吹著口哨一邊說道：「爸爸，打獵是男人的工作，即使是聖誕節，也要做吧？」

「是呀！這是男人的工作。」

大熊的腳印還十分鮮明，茱利亞還不斷地跟著腳印走。但是，一直都沒有追上熊。到了黃昏時，來到大的河川附近，茱利亞忽然開始吠叫起來，然後拚命地朝前跑。爸爸在牠身後一邊追趕一邊說道：「茱利亞發現牠了。」

在前面的樹林中，傳來了有如暴風雨吹拂般的可怕聲響。斯爾福特以驚人的速度不斷地向前逃竄，爸爸和喬弟在後面拚命地追趕。

穿過森林，到了草原，大熊黑大的身影映入了眼簾，好像黑旋風似地不斷朝前跑。茱利亞則在距離牠一公尺處的身後追趕著。看到前面河川的水泛出光芒，斯爾福特跳入水中，游到對岸去。爸爸架起了槍，發射了兩發子彈。

茱利亞停下腳步來，在那兒拚命地吠叫著。斯爾福特已經爬上了對岸，爸爸再次用喬弟的填彈槍發射子彈。斯爾福特跳了起來。

「可能射中囉！」

爸爸叫著，但是斯爾福特仍然繼續向前逃竄。不久之後，聽到樹林中響起了聲響，但是後來就消失了。喬弟的身體不斷地發抖，心想狩獵可能就此結束了，畢竟大熊還是逃走了。

不過，喬弟在不久之後嚇了一跳，原來爸爸擦了擦臉上的汗水，再次在槍身中裝上子彈，沿著河川朝西北邊前進。喬弟的腳很痛，但是仍然追得上爸爸。

喬弟問道：「我們要回家了吧？」

爸爸回頭凝視著喬弟說道：「回家？我們再向前走！我一定要捉到那隻大熊才行，如果你要回家，就一個人先回去好了。」

爸爸從來沒有這麼冷淡地待過喬弟，於是喬弟乖乖地跟在爸爸身後。

兩人在河邊的小屋過夜，早上時走到河邊一看，發現河上有一部份已經結成冰了。老舊的圓木船被冰掩埋住了。

兩人打破了冰，把船拉到河水中，但是由於船身破洞，因此不斷地漏水。再怎麼舀也舀不完，因此只好置之不理，慢慢地划到對岸。

由於水流速度非常快，因此船不斷地下沉，水幾乎都淹到喬弟的腳踝了。終於到達了對岸，不久之後，船底碰到了河底。無論如何，兩人還是和斯爾福特一樣，到達了對岸。辛苦了這麼多個小時，總算有了成果。

因爲寒冷而發抖的茱利亞。鼻子哼哼地在那兒叫著，後來終於高亢地吠了起來。

「哦！茱利亞終於發現足跡了。」

在泥土上，看到大熊大大的腳印。茱利亞追蹤而去。

正午時分，兩人追到了斯爾福特。斯爾福特也停了下來，似乎準備最後的作戰。

狗追逐著斯爾福特，斯爾福特用粗短的後腳站了起來，一邊呻吟，一邊露出可怕的牙齒。茱利亞拼命地咬牠的腋腹，立普則在旁邊不斷地鑽著，打算攻擊牠的咽喉。

斯爾福特很快地轉過身來，用尖利的爪子攻擊立普。立普很痛苦地叫了出來，但是仍然掙扎著要去攻擊對方的咽喉。

爸爸架好了槍，瞄準目標後發射了一發子彈。斯爾福特仍然被立普咬住，就這樣倒了下來。這就是大熊斯爾福特最後的死期。

事情結束以後，覺得事情的發展未免太簡單。二人覺得很不可思議，面面相覷，然後走近屍體。喬弟的膝蓋不斷地發抖，而爸爸也步履蹣跚。

「老實說，我也嚇了一跳呢！」

爸爸邊說著，邊拍喬弟的背，好像要消除他的不安一樣。這時，喬弟終於放聲大叫起來。

聖誕夜的火災

爸爸清醒以後，蹲下來檢視死去的大熊。大熊約有兩百公斤左右，毛皮非常好。爸爸抬起牠的前腳，說道：「啊呀！啊呀！你這傢伙，做了這麼多壞事，現在也只好低頭了吧？」

然後，洋洋得意地坐在斯爾福特身邊，說道：「現在，讓我仔細地想一想，在這荒郊野外，要如何把這龐然大物運回去呢？牠比你、我、媽媽或牛都重要呢！先把牠的肚子剖開，拿出內臟再說吧！」

爸爸剖開了斯爾福特的肚子，把內臟拿出來。大熊好像陳列在肉店的牛肉一樣大。

「試試看，看是不是可以把這傢伙拖走。」

兩人同時抬起了熊的前腳，用力地拖著，但是也僅僅拖了三十公分左右而已。

「照這樣看來，到了春天，我們都無法到達河岸呢！看來，得到城鎮去找人幫忙了。」

兩人留下獵物，開始朝前走。

不久之後，聽到馬蹄聲響起。

「太好了，不必到城鎮去，就有人幫忙了。」

聲音愈來愈近，原來騎馬的人是福雷斯塔家的人。大家似乎都喝得很醉了，他們停下馬來，其中有人問道：「喂！你看，是巴克斯塔家的老爹呢！還有他的兒子。喂！這時候在這裡做甚麼呀！」

爸爸回答道：「我們在打獵啊！真的打獵哦。我們在追趕斯爾福特，已經把那傢伙幹掉了。」

巴克嚇一跳，其他的人也從酒意中醒過來了。

「你沒騙我們吧？」

「是真的，牠已經死了。我把牠的內臟都掏空了。可是，光靠我們無法把牠運走，因此正想到城鎮去，找人來幫忙呢！」

巴克說道：「我們幫你的忙好了。」

雷姆問道：「我們幫你的忙，你要怎麼來謝我們呢？」

「把肉分一半給你們好了。畢竟我也早已有此打算，而且斯爾福特也曾使你們蒙受損失。」

大家又回到了獵物身邊，巴克很感動地說道：「這傢伙真的好大啊！恐怕無法整個搬走，大家快來幫忙吧！」

由於熊實在無法整個搬走，因此只好切成四塊，毛皮連頭帶腳留下來，巴克說道：「毛皮就維持這個樣子好了。我想要惡作劇一番。」

傍晚時分，一行人抵達了巴克斯塔家的「島」。進入家中，得知媽媽先到城鎮去了，於是大家立刻趕到城鎮去。斯爾福特的肉暫時放在燻製小屋，毛皮則由於巴克堅持要把它帶到城鎮去，因此只好把它帶走。喬弟把福萊格關在小屋裡，跟著大家一起離去了。

一行人在九點鐘過後來到城鎮，教會裡非常熱鬧，裡面聚集了很多人。

巴克說道：「來，大家幫我穿上這熊皮，我要到教會中去趕走惡魔呢！」

巴克穿上了熊毛皮，把敞開的腹部用鞋帶綁好，看起來就像是如假包換的熊一樣。

大家慢慢地爬上教會的樓梯。雷姆爲巴克打開門，讓他進去，然後又關上了門。

從縫隙中，可以看到巴克模仿著熊，不斷地前進。喬弟覺得背脊直發涼。巴克不斷地呻吟著，對著每一個人吼叫。

眾人在剛開始時，有如石膏像一般地無反應，好像是受到了很大的驚嚇。但是，立刻就從各個門口和窗口跳了出去，有如狂風掃落葉一般，一下子就不見人影。

福雷斯塔家的人在那兒不斷地笑著，打開了門。爸爸和喬弟也跟了進去。

突然間，爸爸跳到巴克面前，把熊頭摘下來，露出了他人類的臉龐。

「巴克，不要穿這東西了，你想被殺害嗎？」

原來爸爸已經察覺到有人從窗戶外伸出槍來，打算要射殺巴克扮成的熊了。

眾人又聚集在教堂中，一些女人和孩子開始哭泣著叫了起來，有人咒罵著說道——

「哪有這樣慶祝聖誕節的？」

但是，大家心中都充滿著節日的氣氛，詛咒聲終於停止了，每一個人都很喜歡大熊斯爾福特的毛皮。

爸爸被眾人包圍著，詢問有關狩獵的詳情。

哈特老奶奶和媽媽也走了過來，把喬弟帶到聖誕樹的長桌旁坐下。喬弟一邊吃東西，一邊敘述狩獵的情形。

喬弟很高興地看著媽媽。媽媽穿著黑色羊駝呢做成的服裝，看起來十分美麗。

「我要送給媽媽的好東西放在家裡哦！」

「是不是那個紅色，會發亮的東西呢？」

「媽媽發現啦？」

「我在打掃的時候發現的，非常漂亮。我本來想要戴起來，但是我想你可能會要親自送給我。我也準備了禮物送給你哦！爸爸也爲福萊格做了鹿皮的項圈呢！」

喬弟打從心底覺得自己很幸福。

慶祝節目熱鬧地進行著，福雷斯塔家的人狂飲喧鬧不已。

不久之後，有一名男子從外面走了進來，雷姆與那名男子交頭接耳地說了一些話。雷姆叫喚自己的兄弟們，不久之後，福雷斯家的人都走了出去。

從外面進來的那名男子，先前才從在船場停靠的蒸氣船上下來，這名男子對其他人說道：「有人和我一起從船上下來，我已經和先前那些男子說過，我想你們也會知道，這客人就是奧立佛和一位年輕的女客人。」

哈特老奶奶站了起來。爸爸推開眾人，走到老奶奶身邊說道：「福雷斯塔家的人可能是到妳家去了，我要趕快去追上他們，免得他們鬧事。」

哈特老奶奶、媽媽和喬弟也追趕在爸爸身後，大家全都坐在馬車上，朝著老奶奶的家前去。

爸爸注視著前面的目標說道：「看起來好像發生火災了，天空很亮呢！這傢伙又幹了壞事。」

火焰不斷地衝向天空，哈特老奶奶的家著火了。爸爸把馬車駕進了中庭，整間屋子有如被巨大的火神吞噬了似地。

老奶奶叫道：「奧立佛！奧立佛！」

老奶奶打算跳入火堆中，爸爸拚命地抱住她。

「妳想被燒死嗎？」

「在那裡！奧立佛在那裡！奧立佛！奧立佛啊！」

「他應該不在的，一定逃走了。」

「是不是被福雷斯塔家的人殺了？那孩子會在那裡呢？」

爸爸不斷地安慰老奶奶。在火光照耀下的地面上，看到了一長排的馬蹄印，但是卻沒有看到福雷斯塔家的人和馬。爸爸叫喚著喬弟：「喬弟，拜託你，騎馬車去找奧立佛來。」

喬弟慌忙地跳上馬車。走到大門時，看到前面來了一對男女，那名男子正在放聲大笑。

喬弟從馬車上跳下來，並且說道：「奧立佛！」

「誰呀！哦，這不是喬弟嗎？」

和他在一起的女子是德葳凱。

喬弟趕緊說道：「快坐上馬車！快一點！老奶奶的家著火了，是福雷斯塔家的人幹的。」

奧立佛把德葳凱抱上馬車，握緊了馬韁繩，並從懷中掏出槍來。

喬弟說道：「福雷斯塔家的人已經不在了。」

奧立佛拚命地用馬鞭揮打著馬，往家中趕。接近家園時，發現幾乎已經被燒得精光。

奧立佛問道：「媽媽是不是被火困住了？」

「老奶奶在那裡。」

奧立佛在停下馬車的同時，叫道：「媽媽！」

老奶奶雙手伸向空中，跑向自己的兒子。

奧立佛安慰她道：「媽媽，妳放心，不要害怕。」

奧立佛放開了老奶奶，看看已經殘破的家園問道：「福雷斯塔家的人到哪裡去了？」

老奶奶嚴峻地反問道：「你找福雷斯塔家的人做甚麼？」

「喬弟說，這是那些傢伙做下的好事。」

「喬弟，你真是個傻孩子啊！是奶奶不小心踢翻了燈，結果從窗外吹進來的風把燈火吹到了窗簾，才著火的。」

喬弟茫然地凝視著老奶奶，爸爸也說道：「是呀！喬弟，怎麼可以怪罪到遠處的福雷斯塔家的人呢？」

奧立佛慢慢地吐了一口氣，說道：「幸好不是那些傢伙做的，否則我絕不會讓他們任何一個人活著。」

然後，回頭叫喚著德葳凱，說道：「各位，這是我的妻子。」

哈特老奶奶走到德葳凱面前，親吻她的臉頰。

「你們兩人能夠結合在一起，真是太好了。」

奧立佛牽著德葳凱的手，看看家園付之一炬後的情形。這時，老奶奶回頭對巴克斯塔家的人說道：「千萬不要再提福雷斯塔家的人燒了這間宅子——我不希望奧立佛和福雷斯塔家的人有任何衝突。」

爸爸拍一拍老奶奶的肩膀，說道：「我也和妳一樣，希望事情發展得很順利。」

奧立佛察看了情況以後，回來對老奶奶說：「媽媽，妳不必太在意，我們就在河岸旁建立最好的家好了。」

老奶奶充滿了元氣似地說道：「我根本不需要再建立一個新家了，我這把年紀，只想住在波士頓。明天早上就出發吧！」

奧立佛臉上露出了明朗的表情，說道：「媽媽，我也是隨時會從波士頓上船，妳這想法真是太好了！」

第二天早上，巴克斯塔家一行人來到船場，爲哈特老奶奶一家人送行。

老奶奶抱住喬弟說道：「你要學寫字哦！那麼，就可以寫信到波士頓給我了。」

奧立佛說道：「真是謝謝你平常總是站在我這邊幫助我，我不會忘記你的。」

德葳凱拿出一個小小的包裹，說道：「喬弟，這是送給你的禮物，因爲你站在奧立佛這一邊，爲他作戰。」

然後，親吻喬弟的額頭，喬弟覺得很舒服，因爲她的嘴唇十分柔軟，並且頭髮散發出香味。

爸爸用雙手捧起老奶奶的臉，用自己的臉頰摩擦著。

「我真的很喜歡妳，真的很喜歡妳——」

哈特一家人坐在船上，船在汽笛響起時，順流而下，漸去漸遠。

可愛的犯人

一月的天氣非常平穩，巴克斯塔家的生活也太過於安定了。

然而，福雷斯塔家的人現在甚至不再通過巴克斯塔家門前了。在聖誕夜慶祝晚會結束回來時，照裡說他們會來拿大熊的肉，但是他們甚至連肉也不來拿了。看來，真是福雷斯塔家的人喝醉了酒，而放火燒了哈特老奶奶家的房子，真是令人感到悲傷。

進入二月以後，爸爸患了風濕。有一陣子走起路來，腳都是一跛一跛地，但是爸爸卻無法休息，因為春天的播種工作一定要加快腳步進行。

媽媽生氣地對爸爸說道：「讓喬弟做就可以了。」

「那孩子還小呢！」

「你未免太疼愛這個孩子了。你十三歲的時候，已經像大人一樣地在田裡工作了。」

「是啊！所以我不希望這孩子像我一樣，應該讓他再長大一點，力氣大一點才行。」

爸爸又搖搖晃晃地開始工作了，喬弟盡可能多做一些事情，並且注意不要讓爸爸劈柴。喬弟很想盡快做完工作，這麼一來，就可以自由自在地和福萊格玩了。

福萊格長得愈來愈大了，喬弟察覺到了這一點，對爸爸說道：「爸爸，福萊格好像已經一歲了哦！」

爸爸嘲弄似地看著喬弟說道：「是呀！又過了一個月了，牠的確滿一歲了。」

「我覺得時間過得好快啊！」

「如果牠在森林中長大，可能會長得更大呢！現在有很多地方牠都搆得著了，以前是一頭小鹿，現在可是公鹿了。」

「牠會長出角來嗎？」

「到七月才會長。剛開始時，是像釘子一樣，慢慢地就會成爲鹿角了。」

喬弟經常檢查福萊格的頭，在頭頂部份，感覺到長出了硬硬的東西。喬弟叫喚著媽說道：「媽媽，福萊格已經一歲了，等牠長出小小的鹿角來，一定會很好看的。」

媽媽好像覺得他很傻似地說道：「鹿頭上長了角，就好像戴了冠一樣，當然會漂亮囉！」

福萊格逐漸長大，變得更加愛惡作劇了，會弄翻裝著豆子的鍋，或是趁媽媽睡覺的時候，用鼻子去聞媽媽的臉，把媽媽嚇了一跳。要不然，就是踐踏煙草苗。喬弟雖然想要阻止福萊格惡作劇，但是卻徒勞無功。

到了三月時，陽光終於露出笑臉。爸爸高興地說道：「可以開始播種玉米種子，還有棉花和煙草了。」

爸爸已經犁好了玉米田壟。爸爸走在前面，沿著長長的田壟，用尖端尖銳的木杖挖洞。喬弟則跟在爸爸的身後，在洞中放下玉米種子。

第二天開始種植棉花。這棉田留下了一株樹木的殘株，原來打算等它腐爛以後再挖出來，但是如此一來，卻妨礙了棉田的耕種工作，因此，爸爸只好先挖開殘株周圍的泥土，再把繩子套在殘株上，讓凱薩把整株殘株拉起來。

「走吧！」

爸爸也跟著一起拉，但是突然臉色發白，大腿根部麻痺，整個膝蓋跪在地上。喬弟連忙跑到爸爸身邊，爸爸倒在地上掙扎著。

「太過用力了——情況不妙——我的手，讓我騎在凱薩的背上。」

爸爸在喬弟的幫助下，騎在凱薩的背上，終於回到了家，進入家門。

媽媽放下手中的鍋子，叫道：「你看！難道你就不知道適可而止嗎？」

爸爸的情況並沒有好轉，好像斷了腿筋似地，媽媽打算去叫威爾森醫生來，但是爸爸卻不答應。

「我們已經欠醫生錢了，我想我的情況很快就會好轉。」

爸爸臥病在床後不久，玉米芽終於長出來了。生長情況十分良好。喬弟去告訴爸爸時，爸爸感到十分高興。

「真是太好了！如果我不能起床，你要經常去察看情況。而且，我想你也知道，不可以讓福萊格進入玉米田哦！」

「我會注意的，但是福萊格一定不會打擾我的。」

這一天晚上，飄了一點小雨。第二天早上，喬弟按照爸爸的吩咐，去觀察玉米田的情況。走近玉米田時，卻看不到芽，喬弟嚇了一跳。再往前走，但是還是沒有看到芽。在田壟上，可以看到福萊格的腳印，這些腳印清晰可見。原來福萊格在一天清早，就把芽都吃光了。

喬弟覺得十分害怕，彷彿置身在夢魘中一般，但是這畢竟是事實。

喬弟拖著沉重的步伐回到家中，在廚房裡待了一陣子，不敢到爸爸那兒去。但是，爸爸仍然叫喚著他，喬弟來到爸爸的寢室時，爸爸問道：「怎麼樣？玉米田的情況怎麼樣？」

喬弟搪塞似地說道：「棉花發芽了，藤豆也從地面上冒出來了。」

「那麼，玉米田的情況如何呢？」

喬弟覺得自己的心都快跳出來了，他吞了吞口水，他吞了吞口水，下定決心似地說道：「被某個東西吃掉了。」

爸爸暫時沉默不語，喬弟覺得自己好像又做了惡夢一樣。爸爸終於開口說道：「難道你說不上來是甚麼東西吃掉了它嗎？」

喬弟茫然地看著爸爸，爸爸又說道：「是不是福萊格做的？」

喬弟的嘴唇直發抖。

「也——也許是吧！是——是的。」

爸爸以同情的口吻說道：「如果牠不這麼做，就太好了。你到外面去玩吧！叫媽媽到這兒來。」

「爸爸，不要告訴媽媽好嗎？」

「喬弟，當然要讓媽媽知道，快去吧！我並不打算責罵你。」

喬弟畏畏縮縮地來到廚房，對媽媽說道：「爸爸叫妳去。」

對媽媽這麼說完以後，就走出門外，用顫抖的聲音叫喚福萊格。福萊格跑了過來，喬弟把手搭在福萊格的背上，沿著道路走到外面去玩。福萊格做了壞事，但是仍然十分可愛。

不久之後，再回到家中時，爸爸叫喬弟前去。媽媽氣得臉色發紅，似乎又答應了爸爸的要求。

爸爸平靜地說道：「喬弟，我已經對媽媽說了。發生了這麼令人困擾的事情，媽媽當然會很生氣，所以我們首先要收拾善後才行。」

「爸爸，甚麼事我都願意做，我可以把福萊格關起來——」

「牠已經長得這麼大了，即使把牠關起來也沒有用。聽著，你要再一次到玉米田去播種，在明天中午以前就要做完，結束以後，讓凱薩拉住馬車，到要去福雷斯塔家中途的小屋，把破舊的柵欄弄壞，拿回來。然後，在玉米田的周圍豎立柵欄，盡可能要做得高一些，免得福萊格跳過去。」

喬弟覺得心情頓時開朗了許多，回頭想要擁抱媽媽，但是媽媽卻緊繃著臉，在那裏跺著腳。

喬弟連忙到玉米田去播種，連吃午飯的時間，也拚命地在工作，所以進行的速度非常快。午餐時，喬弟很有元氣地說道：「爸爸，明天早上我就可以完全完成了。」

「那很好。」

爸爸安靜地閉上了眼睛。

第二天早上，喬弟在天還沒亮的時候，就開始起身工作。福萊格的身影出現在森林中，喬弟拿麵包屑給牠吃，當牠的鼻尖碰到喬弟時，感覺癢癢地。

玉米田的播種工作結束以後，喬弟跑到馬廄裡，牽出凱薩，坐上馬車，朝著舊小屋前進了。

要把舊的柵欄運回來，工作進度出乎意料地長，彷彿永遠都運不完似地。如果動作不快一點，恐怕玉米芽長出來的時候，又會被福萊格吃掉的。

第三天，喬弟在天還沒亮的時候，就起來運木板。一直到太陽下山，看不清四周的景物爲止。由於睡眠不足，再加上很疲倦，因此連黑眼圈都冒出來了。

爸爸凝視著喬弟的臉龐，憐惜地說道：「拚命地工作是很好的，但是不論再怎麼疼愛福萊格，也不可以傷害自己的身體。」

喬弟說道：「我一定能夠做得很好。」

第四天早上，開始豎立柵欄。接下來的日子，也拚命地工作，柵欄的高度高達一公尺半。接下來的日子，柵欄的高度做將近兩公尺。喬弟想，這樣應該不成問題了。爸爸說，柵欄豎立得這麼高，福萊格可能就跳不過去了。而且，這時玉米也已經冒出了三公分左右的芽。

習日早晨，喬弟走到柵欄旁一看，發現福萊格已經鑽進玉米田中，把芽吃掉了。田中清楚地留下牠越過柵欄的腳印，牠竟然是從最高的地方跳過去的。

媽媽從家中走出來，看到了這種情形時：「我已經決定了，我根本不應該聽你爸爸的建議，我真是蠢哪！」

然後，緊繃著臉回家了。

喬弟蹲在柵欄旁，覺得全身好像麻痺了一樣，沒有思考的能力。福萊格聞到他的氣味，跑了過來，喬弟根本不想看牠，茫茫然地站了起來。福萊格就好像鳥一樣，又跳過了柵欄。真是沒想到牠竟然能跳得過這麼高的柵欄。

喬弟頭也不回地走進家中，回到自己的房間，撲倒在床上，把整個臉埋進枕頭裡。

喬弟等待著爸爸的叫喚。這一次，爸爸和媽媽的談話沒有花太多的時間。爸爸把喬弟叫到面前去，說道：「喬弟，我們已經盡了最大的努力了，雖然牠很可憐，但是我卻無法忍受牠糟蹋了我們一年的作物。我們必須吃東西才能過活，因此只好把福萊格帶到森林裡去殺掉了。」

當務之急

喬弟帶著福萊格朝西前進，背上揹著爸爸的槍。心臟劇烈地跳動著，喬弟喃喃自語地說道：「我能這麼做嗎？我怎麼能這麼做呢？」

福萊格瞪大眼睛看著喬弟，伸著頭去吃路邊的草。喬弟慢條斯理地走著，又說道：「我能這麼做嗎？我能揍牠，能殺掉牠嗎？」

喬弟倒在草堆中，哽咽地哭泣著，直到精疲力盡爲止。福萊格不斷地用鼻子摩擦他，喬弟抱住了福萊格。

「我怎麼能這麼做？我怎麼能這麼做呢？」

站起來時，覺得頭暈目眩。喬弟靠在樹上，在那兒不斷地思索著。

（我可以搭起一個能容納福萊格的柵欄，餵牠吃橡樹果實和草。但是，這要花很多時間，爸爸還躺在床上，我必須要做田裏的工作，看來這想法還是行不通的。）

喬弟又想到奧立佛。如果奧立佛在的話，也許會助自己一臂之力，可惜的是他已經到遠方去了。

喬弟也想到福雷斯塔家的人，遺憾的是，他們和巴斯塔家的關係已經破裂。如果是巴克，也許會伸出援手吧！

喬弟又想，也可以把福萊格帶到城鎮去，飼養在動物園裏呀！如果這麼做，福萊格應該也能過著快樂的生活。而且，在這期間，自己可以拚命地工作賺錢，再把福萊格買回來，住在一起。

喬弟想把福萊格帶到城鎮去。於是，用刀子切斷葡萄藤，繞在福萊格的脖子上，朝東北方前進了。

福萊格乖乖地跟他走了一段路，但是後來終於覺得很厭煩，而開始掙扎。喬弟很悲傷地說道：「你爲什麼都不聽話呢？」

喬弟要安撫福萊格，又要牽牠走，當然覺得很疲倦。現在已經是中午了，由於早餐沒吃就出發，因此現在覺得肚子非常餓，腳有如千斤重。於是，躺在路邊，就這樣睡著了。

清醒時，沒有看到福萊格的蹤影。喬弟追趕著牠的足跡，一下子鑽進樹林，一下子又走出樹林，朝著家的方向繼續前進。

喬弟只能依循福萊格的足跡前進了，由於太過疲倦，以致喪失了思考的能力。接近黃昏時分，來到了巴克斯塔的「島」。看到廚房燃起了點亮的蠟燭，再湊近去看，發現晚餐已經做好了。媽媽正就著燭光在那兒縫補衣服呢！

這時，福萊格穿過中庭，走了過來。喬弟躲藏在燻製小屋的陰影中，低聲地喚著福萊格。然後，鑽進燻製小屋，切下一塊燻好的熊肉塞進口中。熊肉又硬又乾，因此只好死命地咀嚼。另外，又餵福萊格吃玉米粒。

喬弟覺得自己好像是偷偷潛入別人家的小偷一樣。他進入了茅房中，抱了一堆乾草，和福萊格一起躺在上面。但是，晚上非常寒冷，根本無法熟睡。

清醒時，太陽已經昇起了。整個身體非常僵硬，覺得自己的遭遇十分悲慘。這時，又不見福萊格的蹤影了。

喬弟根本不想回家，但是走到門前時，媽媽好像發瘋一般地放聲大叫：「——你，喬弟，還沒有把福萊格殺死吧！你看，福萊格現在已經把玉米芽和藤豆牙吃掉了。」

喬弟似乎已經懶得辯解，而放棄了希望地走進家中。媽媽拚命地咒罵著，喬弟則沉默不語。媽媽說道：「到爸爸那兒去，這一次，爸爸一定也會站在我這一邊的。」

喬弟進入爸爸的寢室中，爸爸臉上也是一片陰霾，但是爸爸卻以溫柔的語氣說道：「爲什麼不按照我的吩咐去做呢？」

「爸爸，我做不到，我真的做不到。」

爸爸把頭枕在枕頭上，說道：「再走近些，喬弟。你知道我爲了保護福萊格，已經盡我所能做我該做的事吧？」

「嗯。」

「你也知道我們必須要依賴作物而生存。」

「嗯。」

「你也知道福萊格弄壞了作物。」

「嗯。」

「那麼，爲什麼不殺了福萊格呢？我們一定要這麼做才行啊！」

「我就是做不到。」

爸爸稍微沉默了一陣子，又說道：「叫媽媽來吧！你回到自己的房間去，記得把門關上。」

「嗯。」

喬弟把爸爸的話轉告媽媽以後，回到自己的房間，關上了門。喬弟坐在床邊，交叉著雙手。能夠聽到低沉的說話聲，腳步聲，還聽到槍聲！

喬弟從房間裏飛奔出去，看到廚房門打開了。媽媽手上還拿著冒著煙的槍，站在那兒。福萊格倒在柵欄旁，在那掙扎著。

「我是很想好好地射中牠，但是卻瞄得不準。」

喬弟飛奔到福萊格身旁，福萊格用沒有受傷的三隻腳站了起來，搖搖晃晃地逃開了。牠好像把喬弟視如仇敵。左邊的腳受傷，血流如注。

爸爸跛著腳，從床上爬了起來。抵住門，支撐著身體，說道：

「既然如此，就由我來做好了，可是我站不起來——喬弟，去割斷牠的咽喉吧！否則牠會更痛苦的。」

喬弟跑了過來，從媽媽手中搶下了槍。

「媽媽故意不把牠殺死！媽媽一向都討厭福萊格的。」

然後，對著爸爸說道：「爸爸，你騙我！你叫媽媽把福萊格殺了！」

喬弟在那兒撕破了喉嚨似地叫著：「我討厭你們！大家都死掉算了，我不要再回來了。」

喬弟追著福萊格身後而去，一邊跑一邊哭了起來。

後面傳來了爸爸的叫嚷聲：「媽媽，扶住我，我站不起來。」

福萊格很痛苦地在那兒掙扎著，用三隻腳在跑，中途倒下了兩次。喬弟追上了牠，叫道：「是我，是我，福萊格！」

福萊格掙扎著站起身來，又開始跑了，鮮血汩汩而流。

福萊格逃到了穴池邊，步履蹣跚，終於倒了下來，滾到了池邊。

喬弟三步併著兩步地跑了過去。這時，福萊格倒在池畔，睜著大而濕潤的眼睛，好像很驚訝似地看著喬弟。

喬弟把槍口抵住福萊格柔軟的脖子，扣下了扳機。福萊格的身體稍微抖動了一陣子，立刻就不動了。

喬弟把槍丟掉，趴在地上，突然覺得胸口一陣緊縮，難過得嘔吐了起來。然後，又繼續吐了好一些穢物。他用手指抓著地面，繼而又握成拳頭捶打著地面，覺得眼前的景物都在晃動，不久之後就昏過去了。

飢餓的痛苦

喬弟朝著北邊，沿著通往河邊的道路走去。彷彿只有腳還活著，整個人如機械一般，毫無生氣地走著。

在池邊清醒過來時，根本沒有勇氣回頭去看死去的福萊格，就這樣站了起來，頭也不回地離去了。既然逃了出來，就甚麼也不管了。喬弟真是不知何去何從。

但是，來到河邊以後，突然想要乘船到達對岸。這麼一來，就可以順流而下，到波士頓去。到了波士頓以後，會見到奧立佛，到時再和他一起出海好了。

喬弟很想要有一條船，突然想到河邊有一條圓木船。這是當時和爸爸一起追趕大熊斯爾福特時，渡過河水的那條船。

喬弟想到爸爸，就覺得好像是用刀子刺入自己的胸口一樣，隱隱作痛。

用襯衫把圓木船的破裂處堵住。然後，順流而下，打算到喬治湖去。就可以沿著大河朝北前進，如果遇到蒸氣船，到波士頓去好了。到了波士頓以後，奧立佛一定會爲自己出船資的。

到了河邊以後，看到圓木船仍然停在水邊。由於木頭被泡得發漲，因此不再漏水了。

喬弟坐在船上，拿著破槳划了起來。好不容易到達河川的出口時，太陽已西沉了。

乘著圓木船到達喬治湖時，天已經黑了，這無法依賴的船，是不可能在黑夜裏漂浮在湖上的。因此，只好暫停靠在湖邊過夜了。

喬弟來到了岸上，找了一些西班牙苔蘚，舖在地上當睡床。

如果現在在家裏，已經開始在吃晚餐了。雖然覺得胃很不舒服，但是一想到食物時，就覺得好像吃了過多的東西，而開始疼痛起來。但是，實際上自己卻什麼也沒吃。

喬弟咬著草莖，想像自己正在吃瘦肉，不斷地咀嚼。突然眼前浮現了許多野獸悄悄地靠近福萊格屍體的影像。喬弟把草吐了出來。

不論在陸地或水上，四周都是一片黑暗。附近的樹林中，傳來貓頭鷹鳴叫的聲音。喬弟不自覺地在發抖，風颳得十分強勁。如果爸爸在身邊，可能就不會有這種想法了。喬弟在此時此刻備感寂寞，用苔蘚蓋住自己的身體，一邊哭一邊進入夢鄉。

早晨的陽光使喬弟清醒了過來，站起來時，發現自己沒有力氣，眼前一片黑暗。可能是因爲休息夠了，因此能夠清楚地感覺到自己的肚子很餓。想到食物，就覺得很痛苦，因爲感覺到胃在收縮，彷彿有無數的針扎進肚子裏一樣。

喬弟再次跳到圓木船上，用槳划行。不久之後，回頭一看，岸已經離得很遠了。前方只有無盡而寬闊的河水無止盡地流著。

胃囊有如被咬噬一般地疼痛。平常陳列在家中的飲食，現在都很清楚地浮現在眼前。烤成茶褐色的火腿片，還熱騰騰地冒著熱氣，直教人垂涎三尺。另外，還有烤得有點焦的玉米麵包，以及裝著培根和藤豆的碗。

是的，這就是飢餓。以前，媽媽曾說：「我們可經歷過飢餓的日子呢！」喬弟聽了只是大笑，因爲那時候不知道甚麼是飢餓的痛苦。

一整天沿著河水不斷朝北邊前進。過了午後，可能是因爲在太陽底下直接曝曬的緣故，覺得很不舒服，又嘔吐了。但是，從先前開始，除了喝了一點河水以上，甚麼也沒有吃。

這一天晚上，在無人居住的小屋過了一夜。翌日醒來，覺得更加飢餓了。胃部的痙攣更爲嚴重，好像有一隻利爪在猛掏內臟一樣。

喬弟感到疲憊不堪，連划槳的力氣也沒有了，讓圓木船隨波逐流。

過了中午以後，河上有三艘船通過。喬弟站起來，揮手喊叫著，但是船上卻沒有人回答。喬弟忍不住又哭了起來。

陽光十分強烈，喬弟覺得頭昏昏沉沉地，眼冒金星，還可以看到許多黑點。耳裏聽到蚊子飛過的聲音，終於「叭」地倒下來。

清醒過來時，已經是黑夜了，察看四周，覺得自己好像是置身於郵船上。一名男子前來察看，並說道：「怎麼樣？年輕人，我看你昏倒在圓木船上。」

喬弟想要回答，但卻因爲嘴唇腫脹，而無法開口說話。這時，另一個聲音說道：

「想吃東西嗎？」

先前的那名男子說道：「你很餓了吧？」

喬弟點點頭，這時，他們把盛著肉羹的杯子放在喬弟面前。喬弟側著頭看杯子，裏面裝的是冷湯，但是是充滿著奶油香味的濃湯。

喝了一、兩口，還是無法感覺到其美味。嘴裏終於分泌出了口水，喬弟貪婪地喝著濃湯，因爲喝得太急，肉和馬鈴薯都塞住了喉嚨。

男子很驚訝地看著他，說道：「你多久沒吃東西了呢？」

「不知道。」

看來像是船長的男子說道：「吃吧！不過，不能夠吃太多，一次吃太多，會很不舒服哦！」

喬弟連喝了三碗湯，覺得全身倦怠萬分，長長地嘆了一口氣。然後，有如沉沒在河底一樣，陷入了深沉的睡眠中。

後來，聽到船聲而清醒了，原本以爲自己還乘坐在圓木船上，醒來後，才再次意識到並非如此。醒來時，胃已經不再疼痛了，爬上樓梯來到舺舨，發現天已經亮了。

船長回頭說道：「危險哦！年輕人。我還不知道你叫甚麼名字呢！你要到哪裏去呢？」

「我打算到波士頓去。」

「家裏的人知道你要去嗎？」

喬弟搖搖頭。

「那麼，你是蹺家囉？我不想罵你，但是你應該回家了，像你這樣的小孩即使到波士頓去，也不會有人理你的。喂！把這小孩載到船場放下吧！圓木船也解開。」

船夫抱著喬弟，到了船場把他放了下來。汽笛聲響起時，郵船濺起了高高的水花，逆流而上，漸去漸遠。

忍受寂寞

喬弟孤伶伶地坐著圓木船，划著槳到達了對岸。

上岸以後，漫無目的地朝著西邊走。喬弟發覺沒有值得去的地方，因爲巴克斯塔的「島」像磁鐵一般，深深地吸引喬弟的心。

喬弟蹣跚地繼續走著。

（現在能夠回去嗎？回去的話，恐怕爸爸媽媽不會高興吧？我為他們惹來了這麼多麻煩。當我走進廚房的時候，也許媽媽會把我趕出來也說不定。我真是個沒用的傢伙，只知道吃喝玩樂。家裏沒有我的話，可能生活會更幸福。）

不知不覺地走近了「銀谷」，沿著小路，來到泉水邊。喬弟覺得喉嚨乾渴，彷彿舌頭黏在嘴巴裏面一樣。而且，肚子又餓了，只好拚命地喝水。但是，還是覺得很不舒服，於是躺了下來，閉上眼睛。

醒過來時，已經是下午了。眼前可以看到早開的木蘭花，像蠟一樣地泛白。

（已經是四月了。）

喬弟突然想到，一年前來到水邊做水車。到那兒去看，水車當然已經不在那兒了。

（再做一個好了。）

喬弟做了和一年前一樣的水車，水車從上而下不停地轉動著，滴著銀色的水滴。但是，也只是如此而已，一點也不好玩。

「真是無聊的遊戲。」

喬弟很厭煩地用腳踢開了水車，反身撲向地面，哭了起來。覺得沒有任何可以安慰心靈的東西。

不，有的，有爸爸！喬弟心中泛起了漣漪，想家的情緒佔據了整個心房。尤其想要見爸爸。

喬弟搖搖晃晃地站了起來，一邊往家裏的方向跑，一邊啜泣著。爸爸已經不在了，可能已經死了也說不定。作物死了，喬弟又跑了，他也許會自暴自棄，不知道跑到哪兒去了。喬弟滿臉淚水地叫道：「爸爸！等等我啊！」

夕陽西沉，距家裏一公里處的地方，四周已經變得一片黑暗了。

回到家以後，從廚房的窗戶窺視裏面的情形。暖爐中，引起了溫暖的火。爸爸裹著棉被坐在火爐前，一隻手遮住眼睛。

喬弟打開了門，爸爸側著頭部道：「是媽媽嗎？」

「是我，是喬弟呀！」

爸爸回過頭來，很驚訝地注視著喬弟。

「是喬弟！」

喬弟閉上眼睛，爸爸說道：「到這兒來！」

喬弟走到爸爸身邊，爸爸伸出手來，握住喬弟的手。然後，把他的手翻了過來，用自己的手撫摸喬弟的手。喬弟覺得胸口彷彿有一道暖流通過。

「喬弟——我本來已經放棄你了，原來你平安無事地回來了。」

喬弟點點頭，爸爸的臉色變得十分開朗。

「你沒有死，也沒有逃走嗎？真是太好了。」

喬弟覺得很難以置信，繼而高興地說道：「我本來以爲你不會讓我進家門呢！」

「嗯，也許吧！」

「我不是真的離家出走的。爸爸，你真討厭——」

爸爸溫柔地笑著。

「嗯，也許吧！櫥裏有食物，鍋子裏也有一些好吃的東西，你大概餓了吧？」

「我只吃過一次東西，昨天晚上吃的。」

「只吃了一次。那麼，你也知道飢餓的痛苦了吧？看你那張臉，比起大熊斯爾福特還更可怕呢！」

「真的非常可怕。」

喬弟一邊吃著東西，一邊問道：「媽媽到哪裏去了？」

「媽媽駕著馬車，到福雷斯塔家去要一些玉米種籽，一定要再播種才行，因此媽媽只好向福雷斯塔家的人低頭。除此以外，沒有別的辦法了。」

喬弟看著裹在棉被中的父親的身影，問道：「你還好吧？爸爸。」

爸爸凝視著爐火，說道：「你能夠瞭解事實，真是太好了，我已經沒有用了。」

「等我做完田裏的工作以後，就會請威爾森醫生來，你不可以放棄哦！」

爸爸凝視著喬弟，說道：「你回來以後，好像變了一個人似地，還好讓你有了這悲慘的遭遇，你對於世間的一切都能夠瞭解了。你已經不再是小孩子，喬弟——」

「嗯。」

「我並不想讓你擁有痛苦的回憶，當我還是個小孩的時候，曾經歷過一些痛苦的事。

因此，我希望你能和福萊格一起玩。我知道你獨自一人很寂寞，所以讓福萊格與你作伴。但是，人類都是寂寞的，不管怎麼做，這都是自己的原則。只好努力地過活了。」

爸爸調整坐姿，繼續說道：「你已經到了可以決定自己想做的事情的年齡了。但是，我希望你能住在這裏，繼續耕種土地。等大一點，就挖一口井，找適合你的女孩成家，過著讓你沒有痛苦回憶的生活，你願意這麼做嗎？」

「我非常願意。」

「好，那麼我們握手爲定吧！」

爸爸閉上眼睛，終於說道：「你願不願意扶我到床上去呢？媽媽可能留在那兒了。」

喬弟把爸爸送回床上，爲他蓋好被子。

「喬弟，你能夠回來，我真是太高興了，你回去睡吧！」

喬弟覺得整個身體暖呼呼的。

「晚安，爸爸。」

喬弟回到自己的房間，躺在床上，覺得這真是一張溫暖的床。他悠閒地躺在那兒，心想明天一定要早起才行。要搬牛奶、劈柴、照顧田園，福萊格已經不在身旁了，爸爸也不能陪著他一起做事了。但是，這也不要緊，可以一個人做呀！

喬弟不知不覺地豎耳傾聽，覺得好像聽到了福萊格的叫聲一樣。

（福萊格——我永遠都愛你，現在我又孤伶伶地一個人了，但是這是既定的原則，我一定要活下去。）

喬弟在朦朧的睡意中叫道：「福萊格。」

他覺得叫喊的聲音好像不是自己的聲音，而是一個小孩的聲音一樣，在夢中，男孩和小鹿一起離去，並且永遠消失了。

風雲動物文學

鹿苑長春

作　者　M・勞玲絲（Marjorie K. Rawlings）
出版者　風雲時代出版股份有限公司
出版所　風雲時代出版股份有限公司
地　址　105台北市民生東路五段一七八號七樓之三
網　址　http://www.books.com.tw
電子信箱　h7560949@ms15.hinet.net
服務專線　（○二）二七五六—○九四九
傳　真　（○二）二七六五—三七九九
郵撥帳號　一二○四三二九一
執行主編　朱墨菲
封面設計　蕭麗恩
法律顧問　永然法律事務所　李永然律師
　　　　　北辰著作權事務所　蕭雄淋律師
版權授權　林郁工作室
出版日期　二○○八年八月初版
定　價　新台幣一八○元
總經銷　成信文化事業股份有限公司
地　址　台北縣新店市中正路四維巷二弄二號四樓
電　話　（○二）二二一九—二○八○
行政院新聞局局版台業字第三五九五號
營利事業統一編號二二七五九九三五

國家圖書館出版品預行編目資料

鹿苑長春／M. 勞玲絲（Marjorie K. Rawlings）
著. -- 初版. -- 臺北市 ：風雲時代, 2008.07
面；公分

ISBN　978-986-146-469-5（平裝）

874.57　　97011584

The Yearling